真夏のデイドリーム

サンドラ・ブラウン

広田真奈美　訳

MIRA

MIRA文庫

Tiger Prince

by Sandra Brown

Published by Harlequin K.K., Tokyo, 2004

真夏のデイドリーム

■主要登場人物

カレン・ブラックモア……………国務省の事務職員。
ラリー・ワトソン…………………カレンの上司。国務次官補。
クリスティン・ブラックモア……カレンの妹。
ウェイド……………………………カレンの元夫。
デレク・アレン……………………牧場主。アリ・アル・タサン王子。
アミン・アル・タサン首長………デレクの父親。アラブの石油王。
シェリル・アレン…………………デレクの母親。
スペック・ダニエルズ……………フリーカメラマン。
グラハム、ベッキオ………………ＦＢＩ捜査官。
デイジー・ホランド………………デレクの召使い。

1

「いったいどういうことなんだ？」

「だからお話ししたとおりです。申しわけありませんでした。でも、人間誰しもミスはあります」

「パール・ハーバーのときの見張り兵も、そう言ったんだろうね」ラリー・ワトソンはいらだたしげに書類袋を机に投げだした。

「皮肉ならもうたくさんです。おっしゃりたいことはわかってますから」カレン・ブラックモアは力なく椅子に座りこんだ。もううんざりだ。ある政府の高官から他国の高官への、社交辞令にすぎない手紙一通のために、上司に呼びつけられ叱責《しっせき》されている。まるで敵国にミサイルの設計図でも売り渡したような大騒ぎだ。

「わかった。だが、もう一度だけ言っておく。外交文書の袋に、違う手紙が入ってたんだ。幸い今回はそれだけのことですんだが、国務省では、どんなささいなミスでも重大事態を引きおこしかねない。極秘書類を扱うことだってあるんだからね」

「もうやめてください」カレンは椅子から立ちあがり、ワトソンににじりよった。「そんなこと重々承知しています。ここに勤めだした日から、細心の注意を払わなければならないことはわかってます。確かに、ミスをおかしたのはあやまります。それで、これからわたしはCIAにでも尋問されるわけですか？」

「おいおい、きみのほうがよっぽど皮肉がきついじゃないか」

「じゃあ、もうこの話は終わりにしてください」怒りをぶちまけるとカレンは、ぐったりと椅子に沈みこんだ。ここ一年ほど、ずっと心にわだかまりを抱えて暮らしてきたが、こんな状況に追いこまれると、それがいっそう重くなったように感じられる。

ワトソンは、妻から去年のクリスマスにプレゼントされた革のデスク・マットをボールペンでつついている。いかにもアメリカ合衆国国務次官補の職にふさわしい容貌《ようぼう》だ。髪は短く刈りこみ、グレーのスーツ姿には一分のすきもない。だがその表情は役人然としたものではなく、秘書を見つめる目には同情がこもっていた。

「きつい言い方をしてすまなかったね、カレン。きみのためを思ってのことなんだ」

「母がわたしのお尻をぶっとき、いつもそう言ってましたわ。当時もいまも、わたしはそんなこと信じてませんけど」彼女が目をあげると、ワトソンは苦笑していた。

「確かに使い古された文句だね」机に肘をつき、彼は身をのりだした。「でもほんとうなんだ。きみをぼくの秘書で終わらせたくないからね。昇進しなきゃ困るんだろ」

「ええ」

「金のためかい？」

「それもあります。クリスティンの学校はお金がかかるので」

「公立の学校でもいいじゃないか」

「母が亡くなるときに、妹にはできるだけいい教育を受けさせるって約束したんです。ワシントンじゃ、やっぱり私立でないと」

「しかし、なにも寄宿舎に入れなくても」

カレンは即座に首を振った。「妹とスケジュールを合わせるだけでもたいへんなんです。毎日彼女が無事家に戻ってくるか、気が気じゃないし……」

「ウェイドが申しでた、経済援助を受けることもできるだろう」ワトソンはことさらやさしい口調で言った。ウェイドのことに触れると、カレンがまた怒りだすのではないかと思ったからだ。予想どおり彼女は椅子から跳びあがった。

「彼はわたしを捨ててほかの女に走ったので、罪の意識をお金で解消しようとしてるんですよ。とんでもないわ。そんなことで、彼を許せるもんですか。それに離婚は正式に成立したんです。もう彼の名前も聞きたくないわ。むこうだってきっと同じよ」

十三カ月と二十二日たったいまでも、胸の傷は痛んだ。いつになったらこの地獄から抜けだせるのだろう。昇進を果たし、気持ちに変化がおこることをカレンは願っていたが、どうやら結婚同様、こちらも雲ゆきがあやしい。

「ぼくの忠告に耳を貸してみないか？」ワトソンが言った。

「断ってもいいんですか？」

「だめだ」

「じゃあ、どうぞ」カレンは微笑《ほほえ》んだ。ふだんはこの上司とすごぶるうまくいっている。きょうのように険悪になることは珍しかった。

「きみは疲れからミスをおかした。くたくただったんだ。精神的にも肉体的にも限界に来てる」

「まあ、やさしい言葉をかけていただいてうれしいわ」

「カレン」ワトソンは机をまわり、その角に腰かけた。「ずいぶんつらい思いをしたんだろう。たいした理由もなくきみと別れるなんて、まったくひどい男だ」

「ガールフレンド——こんな大きな胸をした、セクシーなブロンドのせいです」カレンは手ぶりで女性の体つきを示した。

「そんなの理由にならん」

「まったく。あの胸は偽物だと思いますわ」

「ぼくはまじめに話してるんだよ」

「ごめんなさい」

「厳しい一年だったろうね。離婚の心痛を乗りこえると同時に、自分の収入だけでクリスティンを養っていかなくてはならなかったんだから。このあたりで休暇を取って、心も体もゆっくり休めたほうがいいんじゃないか」

「でも、いますぐは無理です。わたしには――」

「これは命令だよ」

「命令？」

「快く休暇を取るか、一週間の減俸停職処分か」

「停職処分になんて、できるはずありません！」

「できるさ。今回のミスの罰としてね。一週間の有給休暇か、減俸停職か、どっちにする？」

　これでは選択の余地などない。

　仕事を終え、ワシントンDCの殺人的なラッシュにもまれているうちに、カレンはこの町から離れることがだんだん魅力的に思えてきた。

　まったく暗い一年だった。七年間、幸せな結婚生活を送ってきたつもりだったのに、突然の離婚だ。カレンの心はずたずたに引き裂かれ、傷口はいまなおうずいている。

　はた目には立ちなおったようでも、独りの生活にまったくなじめない。まるっきり自分に自信がもてない。以前からつきあいの広いほうではなかったし、いまになって急に変われるわけもない。

いや、できるかもしれない。無理にでも、そうしなければいけないのかもしれない……。友だちづきあいもなく、仕事もおもしろくない。ジョージタウンの小さなアパートに着くころには、カレンは休暇の件を真剣に考えはじめていた。帰るとすぐ、机の引き出しをひっかきまわし、やっと目当てのものを見つけだした。

靴を脱ぎ捨て、ベッドに寝ころんで色とりどりのパンフレットを広げる。果てしなく広がる砂浜、光り輝く青い海、水しぶきをあげる滝、熱帯の夕暮れ、月に映える水平線。こんな写真を見れば誰だって、心誘われるだろう。ほんの数時間飛行機に乗るだけで、のんびりと遊んで過ごすだけの楽園に浸れる。

カレンは受話器を取りあげ、そらんじている番号をまわした。

「はい」

「もしもし、クリスティン」

「あら、姉さん！　いま数学の試験にそなえて猛勉強してるのよ。そっちはどう？」

「仕事で失敗しちゃったわ」

「大きなミスなの？」

「たいしたことじゃないの。ポルトガル領事が娘さんの結婚を祝う手紙を受け取ったんだけど、彼には娘なんていなかったの。ペルー領事への手紙だったのよ。どっちもＰで始まるでしょ」

　クリスティンがふきだすと、十六歳の妹の屈託のない笑いがカレンにも伝染した。

「ラリーはあわてた？」

「こっぴどく叱《しか》られちゃったわ」

「石頭の役人の見本みたいな人だものね」

「しようがないわ。実際ミスをしたんだから。わたしたちの仕事にミスは許されないのよ。とりわけ、昇進を狙《ねら》ってる者にはね」

「どうにかなるわよ」

「クリスティン、じつはわたし、一週間ほど休暇を取ろうかと思ってるの」カレンは急いでいきさつを説明した。立場が逆転して、彼女のほうが保護者に許可を求めているようなぐあいだ。

「すごい思いつきね」

「いいと思う？　悪いと思う？」

「いいんじゃないの。素敵な男性にめぐりあえるかもしれないわよ。リゾート地には、水着姿の、日に焼けたたくましい男がつきものだもの」

「そんなのお酒のコマーシャルの中だけよ。でも、賛成してくれるの？」

「もちろん。思う存分楽しんできて」

「あなたは週末を学校で過ごさなきゃならなくなるわよ」

「どこか友だちのところへでも押しかけるわ。心配しないで。たまには姉さんも羽を伸ばさないと」

「貯金をだいぶ使っちゃうわねえ」

「昇進すれば、すぐ埋め合わせできるわよ」

カレンは息を吸いこむと目を閉じ、受話器を握り締めた。「そうね。じゃあ、行くことにするわ」

「食べて飲んで、陽気に過ごすのよ！」

「ええ」

「すばらしい恋人を見つけて。リチャード・ギアとロバート・レッドフォードをたして二で割ったような人をね」

「がんばってみるわ」そんなことできるかしら？　でも、試してみたっていいじゃない。翼を広げて飛びたてば、月までだって行けるかもしれない。もちろん、シングルズ・バーにたむろする女たちのように男をあさり歩くつもりなどないが、チャンスがころがりこんできたら……。

「じゃあ、出発の前に電話して、緊急の場合の連絡先を知らせるわ」

「楽しんできてね。旅先ではなにもかも忘れて、休暇を満喫するのよ」

カレンは受話器を置かず、指で押して切った。一度受話器を置いてしまうと、二度と手にする気になれないような気がした。旅行をやめる理由は山ほどある。そして、旅行に出なければならない理由はたったひとつ……。

これからの人生のために。

夫が自分を捨ててほかの女に走った。傷つき疲れきった心がたどれる道はふたつしかない。悲しみに屈して命を絶つか、乗りこえて生きていくかだ。カレンは後者を選ぶ決心をした。

思いきってパンフレットの電話番号をまわす。「もしもし、あの、ジャマイカに行きたいんですけど」

男はブランデー・グラスの琥珀《こはく》色の液体を見つめていた。どうして飲む気になれないのだろう。最高級の酒だ。メキシカン・トパーズのような澄んだ美しい色合いをしている。

ひと口すすってみた。味気ない。かたわらで彼を誘惑しようとやっきになっている女同様、酒ももうたくさんだ。女は挑発的な透けた部屋着姿で、彼と並んでソファに腰を下ろし、ブランデー・グラス越しににっこり微笑みかけている。

「あまり話さないのね。きょうの芝居のことでも考えてるの？」

ふたりはケネディ・センターで行われた、新作のプレミア・ショーから戻ったところだった。ベトナム戦争を題材にした芝居で、今夜の客は全員正装した招待客だった。

　男は皮肉っぽい視線を女に向けた。あの難解な芝居が、この女の心になんらかの感情を引きおこしたとは思いがたい。だが、芝居のあとのパーティは、やはりなんとなく沈んだムードだった。ふたりは、ワシントンの社交界のそうそうたるメンバーが顔を揃《そろ》えたパーティを中座した。彼はずっと上機嫌だったので、いまのふさぎこんだようすを女が不思議がるのも無理はなかった。

「ちょっとまじめすぎたわ」

　女はじれったそうに男に身を寄せ、さりげなさを装いながらローブをはだけて美しい脚をのぞかせた。「ああいうことを考えるのって好きじゃないわ。暗い気分になるんですもの」彼女はなにかを期待するように唇をとがらせた。だが、男はグラスをテーブルに置き、ソファから立ちあがった。生まれついての礼儀正しさから、女に対する軽蔑《けいべつ》を顔には出さず、大きな窓に歩みよった。眼下に見える水門に、町の明かりがきらきらと揺れている。

　彼は自分自身にいらだち、ポケットに両手をつっこんだ。いったいどうしたというのだ？　このうんざりした気分はなんだ？　なぜ、自分の人生も自分自身も、すべて虚《むな》しく思えるのだろう。

　問題はなにもなかった。彼の暮らしはまさに、たいていの人間が理想とするものだった。金も洋服も車も女も、なんの不自由もない。今夜のデートの相手は、この町で最高の肉体と最低の評判をもつ女だ。だが、ブランデーも彼女も、彼はもう願いさげだった。

女の美しい体も挑発的なしぐさも鼻についた。そしてなによりうんざりなのは、それを楽しんでいるふりをしている自分自身だった。

「いったいどうしたの、デレク？」

衣《きぬ》ずれの音が近づいてくる。女の腕が彼の体にからみつき、手がタキシードのジャケットの下にもぐりこんだ。巧みな指先が、のりのきいたシャツの下の乳首を探りあて、愛撫《あいぶ》する。

彼女は男のために作られた人形のようだった。さまざまな化粧品や香水で磨きあげられ、親の金を使って遊びまわり、金持ちの男と結婚して落ち着くまでに、できるだけたくさんの男とつきあえればそれでいいのだ。

「いやな気分なんて、わたしが吹きとばしてあげる」彼女は背後からぴったりと身を寄せた。つま先立ちになり、彼の耳元にやさしく息を吹きかける。彼女の手はシャツからズボンへとすべっていった。

いつもなら欲望に火をつける彼女の技巧も、今夜は彼のいらだちをいっそうかきたてるだけだ。彼はふいにふりむくと彼女の肩をつかみ、体を押しのけた。女の顔に驚きの色が見える。「すまない」肩をつかんだ手をゆるめ、なんとか微笑もうとした。「今夜はそんな気分になれないんだ」

女は髪をかきあげ、憎々しげに言った。「珍しいこともあるものね」

「そうだな」彼は短く笑った。

「あなたはわたしの名前すらおぼえてないいんじゃないかって、いつも思ってたわ。あなたが訪ねてきて、わたしたちは服を脱ぎ、愛しあう。そしてあなたは、じゃあねって言って出ていく。いったい今夜はどこが違うっていうの？」

「疲れてるんだ。いろいろ考えることがあってね」彼はゆっくりとドアに向かった。逃げると思われるのはいやだったが、実際逃げだそうとしていた。

女が腕をつかんだ。結局のところ、デレク・アレンはつかまえておくだけの価値のある男だ。彼女のようにわがままな女でさえ、デレクのためには少しぐらい自分のプライドを犠牲にするのもしかたないと思っていた。

「どんな悩みでも、わたしが解決してあげるわ」蛇のように彼の首に腕をからめ、頭を引きよせてキスし、舌をからめた。

デレクはなにも感じなかった。まずいものを食べたときのように、苦い絶望が口に広がっただけだ。彼は彼女の腕を押しのけた。「悪いけど、今夜はだめだ」

「いま出ていくんなら、もう二度と来ないで」彼女は男に捨てられるのに慣れていなかった。「ろくでなし。なにさまのつもりよ？」

戸口で、デレクはふりかえった。拳《こぶし》を作り、怒りにはずむ息で豊かな胸を上下させながら、彼女がにらみつけている。この瞬間、彼は今夜はじめて彼女を美しいと思った。怒りに身を任せてはじめて、彼女が生身の姿をさらしたからだ。だがそれでもやはり、彼女を求める気にはなれなかった。

「おやすみ」

「地獄に落ちればいいわ」ドアを閉めるデレクの背中に向かって女が叫ぶ。

「いい気分転換になるな」彼は軽く受けながした。彼女の罵声《ばせい》は廊下からエレベーターまで追いかけてきて、エレベーターのドアが閉まるとやっとだえた。マンションのロビーで、彼はドアマンに会釈した。

「おやすみなさい、ミスター・アレン」ドアマンがうやうやしく言った。

外に一歩踏みだした瞬間、デレクをフラッシュの閃光《せんこう》が襲った。反射的に腕で顔を隠すが、あまり効果はない。カメラマンの群れが彼を取り囲み、自動シャッターで連続的に写真を撮る。

「いいかげんにしてくれないか」なんとか彼らをかきわけて進もうとしながら、デレクはあきらめたように言った。「もう写真は十分撮っただろ?」

「アレン、あなたなら何枚撮ったところで十分とは言えませんよ。常に注目の的ですからね。今週はあなたのお父さまが町にいらっしゃることだし」

デレクは急に立ち止まり、父のことを口にした記者を見た。「誰に聞いたんだ?」

「あなたが聞きたくない名前ですよ」

デレクはスペック・ダニエルズをにらみつけた。こいつにちがいない。その太った男は、出版業界でもとくに評判の悪いしつこいやつだ。彼はフリーのカメラマンだが、でっちあげだらけのゴシップやスキャンダル記事を満載したタブロイド新聞にいつも写真を提供していた。

ぞっとするほど醜い男で、薄汚れたシャツの腹はぶかっこうに突きでている。太く短い脚をいつも挑戦的に開いて立ち、薄くなった黒い髪をべったりと油でなでつけていた。彼の腕に裸の女の入れ墨があることを、デレクは知っていた。スペックはそれが大の自慢で、誰かれかまわず見せずにいられないのだ。太い首から、汗のしみだらけのひもでカメラをぶらさげている。

「お父さまの訪問がお忍びだってことはわかってますよ」彼は言った。「でもこの町じゃ、どんな秘密だってすぐばれちまいますからね」

「お父さまの訪問をどう思われますか？」別の記者がデレクにたずねた。

「ノーコメントだ。さあ、もう通してくれ」

「ひとことくらいあるはずでしょ」スペック・ダニエルズが道をふさぐ。体形からは考えられない敏捷《びんしょう》さだ。「この前お父さまに会われたのはいつですか？」

「ノーコメント」デレクはいらだった。「頼むから通してくれ」

「今夜あなたが同伴してらした女性のことを、お父さまはどう思われるでしょうね。彼女とは特別な関係なんですか？」スペックがしつこくたたみかける。

「彼女とは長いつきあいですか？」ほかの記者も割りこんできた。「結婚の予定は？」

「おい、いいかげんにしろよ」デレクの怒った顔に、またカメラマンたちがシャッターを切る。ひとりを押しのけたが、またスペックが目の前に立ちはだかった。

「もう一枚だけお願いしますよ」

フラッシュに一瞬デレクは目がくらんだ。だが数秒後には、視覚を取り戻し、スペックが首にさげているカメラを力まかせに引っぱった。スペックの首が折れなかったのが不思議だと、あとで噂《うわさ》になったほどだ。

デレクは奪い取ったカメラを壁にたたきつけ、歩道に投げ捨てた。カメラマンたちはぶつぶつ言いながら、あとずさった。デレクは息をはずませ、拳をかざしてスペックをにらみつけた。「今度うるさくつきまとったら、二度と仕事ができないようにしてやるからな。わかったか？　とっとと、うせろ」

スペックは虚勢をはるのをやめ、デレクに道を譲った。

「カメラの修理代はあした小切手で送ってやる」デレクはふりむきざまに言い捨てた。

ビルの角を曲がり、鍵《かぎ》もかけず無造作に街路に乗り捨てておいたエクスカリバー・コンバーチブルに乗りこみ、エンジンをかけた。

マンションに着いて車を地下のガレージに入れるころには、怒りもだいぶおさまっていた。エレベーターの壁にもたれ、彼は深く息を吸いこんだ。

もっとうまく切りぬけられたはずだ。写真ぐらい、好きなだけ撮らせてやればいいじゃないか。だが、腹を立てたからには、なぜスペックの首を目の玉が飛びだすまで絞めあげてやらなかったんだ？　彼はデレクにつきまとう連中のうちでも、最低のうじ虫のような男だった。

父がワシントンＤＣに来ることが、連中にばれているとは思わなかった。朝になれば、町中に知れわたっているだろう。スペックがご親切にも、訪れる両親に息子の反応を伝えてくださるというわけだ。きっと、激しやすい男だと書きたてられるだろう。スペックが事実をねじまげ、このいらだちを父が来ることのせいにするにちがいない。くそっ。今夜は部屋で、おとなしくビールでも飲んでいればよかった。

彼の部屋は最上階にあった。殺風景な部屋だ。暗くひんやりして、静まりかえっている。葬式のあった家のようだ。デレクはごくたまにしか、この部屋を使わなかった。

彼は歩きながら、次々と服を床に脱ぎ捨てていった。あすはメイドが掃除に来る日だ。バスルームに入ったときには、すべて脱ぎおわり、シャワーの蛇口をひねった。

勢いよく肌を刺す水は、今夜の女やカメラマンたちに対する彼の態度を叱りつけているように思えた。

悪いのはあいつらじゃない。ぼくが八つ当たりしたんだ。デレクはシャワーを止めると、がっくりと頭をたれた。髪からぽたぽたと水のしずくが落ちる。

「逃げださなくては」

バスルームの大理石の壁に自分の声が響いてはじめて、自分が大声を出したことに気づいた。濡《ぬ》れた体のまま寝室に入り、サイドテーブルの明かりをつけた。引き出しをかきまわして電話帳を見つけ、ページをめくる。

ワシントンを出なければ。農場は父が町にいるあいだの隠れ家としては近すぎる。マスコミはぼくのあとを追いまわし、一挙一動を監視し、発言をねじまげて伝えるだろう。父を怒らせ、母を困らせ、マスコミといっそう不仲になるにちがいない。

今週はこの町にいないほうがいい。それがみんなのためだ。

電話に出たのは、親切そうな女性だった。「旅行に出たいんだ」彼はいきなり切りだした。「あした出発したい。手配してもらえるかな?」

電話の女は笑った。「ええ。ただひとつ問題があります」

「なんだい?」

「どちらへお出かけになりたいんですか?」

「あっ、そうか」デレクは濡れた髪をかきむしった。どこにしよう。長いあいだ行ってないところはどこだろう。暖かくてのんびりできるところがいい。あまり遠くはだめだ。

「ジャマイカ」ほかに思いあたる場所もないので、そう答えた。

カレンはまだ、太陽に裸の胸をさらしたことはなかった。いままでそういう機会がなかったし、そんなことをしても、きっとおどおどして落ち着かないだろう。だがいまの自分を変えていくには、思いきるしかない。

やはり自分には向いてないと感じながらも、カレンはサン・オイルのボトルを並べ、ビーチタオルの上にビキニのボトム一枚の姿で横たわっていた。

かたわらには火を吹く竜がいる。朝早いうちに、カレンが砂で作ったのだ。体長一メートル八十センチ以上。背中は規則的に弧を描いてうねり、なかなかみごとなできばえだ。カレンには、この竜が侵入者から自分を守ってくれるように思えた。

じつのところ、彼女のプライバシーが侵害される危険はほとんどなかった。いま寝そべっているのは、彼女の借りているバンガローを下ったところにあるプライベート・ビーチだ。リゾート地の中心にあるふつうのホテルよりも、カレンは熱帯の木陰にひっそりと立つ、ロマンティックなバンガローを選んだ。

ここなら誰にも見られずにすむ。ボートには、むこうがこちらを見つけるよりずっと先に気づくはずだし、もし岸まで近づいてくるようなら、胸を隠せばいい。この旅行が、たっぷり休養を取るだけの平凡なものに終わるとしても、肌だけはみんなに自慢できるぐらい、きれいに焼きたかった。

　それにトップレスで横になっているのはほんとうに気持ちがいい。ちょっと大胆で常識はずれなことをしているという気分が、いっそう快い。さまざまな悩みも消え、神経の緊張もほぐれていく。

　日射《ひざ》しが暖かくカレンを包む。砂は柔らかいベッドのようだ。涼しいカリブのそよ風に漂うのは、花と海と太陽に焼かれた大地の香り。聞こえるのは、頭上のやしの葉を吹きぬける風のざわめき、やさしく浜辺に打ちよせる波の音、そして……。

　カレンはとっさにはその音を名づけられなかった。それは、ざざっという足音とともに襲いかかる、小さな竜巻のようだった。

　カレンが気づいたときにはすでに、男は近くに来ていた。機関車のように息をはずませて走り、竜の頭を越えるところだった。

「わあっ！」カレンを見て、男は叫び声をあげた。男はナイキの運動靴でカレンを踏みつけまいとして脚を伸ばしたが、歩調が狂い、柔らかい砂に足を取られてしまった。「くそっ！」バランスをくずし、汗に光る裸身が砂に倒れた。竜の三叉《みつまた》に裂けた舌は、このランナーの肩で砕け散り、火を吐く鼻の穴の片方はあとかたもない。

　男はカレンの目の前にころがってきた。スタートを切ろうとするオリンピックの陸上選手のように、片膝をつき、もう一方の脚は後ろに伸ばし、両腕で体を支えている。全身に緊張がみなぎっていた。ふくらはぎは張りつめ、しなやかな筋肉は収縮し、息は荒く、目は輝いている。男がこれほど美しくなければ、カレンは巨大な山猫に襲われそうになっているのだと思ったにちがいない。

2

この瞳！　グリーンとゴールドがめのうのように溶けあって、たぐい稀《まれ》な色合いをかもしだしている。危険そうだが、たまらなく魅力的だ。カレンは、男の瞳の奥へと全身が吸いこまれていくような気がした。

それに髪。深みのある茶色で、虎《とら》の縞《しま》のように金髪の筋が等間隔に走っている。少し長めだが見苦しいほどではなく、むしろ野性的なこの男によく似合っている。ブルーのジョギングパンツとナイキの運動靴をはいているだけの彼は、まるで野人のように見えた。その顔に、悪魔のような官能的な微笑《ほほえ》みがゆっくりと広がる。

「こんにちは」汗に光る褐色の体同様、魅力的な声だ。

「こんにちは」カレンは蚊の鳴くような声で答えた。

「あなたを踏みつけてはいませんよね」虎の目のように輝く瞳がカレンの体を這《は》う。視線が胸元に止まり、彼が大きく目を見開いたとき、カレンは自分も相手と同じような姿でいることを思い出し、あわててタオルで胸をおおった。

「ええ。かろうじて」なんてこと！　アバンチュールを求めてはいたが、まさかこんな……。

「すみませんでした。あなたに飛びのりそうになるまで気がつかなくて」男は意味ありげににっこりした。わざとそういう言葉を選んでいるにちがいない。「この浜で唯一の砂丘の後ろに寝そべってらっしゃったから」

「砂丘じゃなくて竜なんです」男はくずれた砂の山から竜の姿を思い浮かべようとしているのか、首をかしげている。「竜だったと言ったほうがいいのかしら」カレンは皮肉たっぷりに言った。「ここはわたしのプライベート・ビーチのはずですけど」まるでオールドミスの教師のような口ぶりだ。

「竜のことは申しわけない」男は氷山でも溶かしてしまいそうな笑みを浮かべた。その視線が坂の上に向けられる。「あなたのバンガローですか？」

「ええ」

微笑みはさらに広がった。「ぼくはあなたの隣のバンガローにいるんです。デレク・アレンと申します」男が手を差しだすと、カレンは驚いて跳びあがった。自分のばかげた振舞いにうんざりしながらも、片手でタオルを押さえ、握手した。

「カレン・ブラックモアです」手をひっこめようとしたが、相手はしっかり握ったままはなしてくれない。

「タオルで隠したりすることないのに」

「いえ、こうしてるほうがいいんです。あの、手をはなしていただけません？」

「あなたの胸は美しい」

頭に血が上り、カレンはまっ赤になった。「ありがとう」

「どういたしまして」

ふいに彼女は顔を伏せた。「こんな会話、信じられないわ」

「どうして？」

「あなたがわたしを知ってらしたら、わかると思います」

カレンが本気で手を引いたので、ようやく彼は手をはなした。

「きょうはもう十分日光浴したわ。まあ、この腕。もうピンク色になってる。熱帯の太陽にはまだ慣れてないし、最初の日から焼きすぎてはいけないわ」

ひとりでぶつぶつ言いながら、カレンはぎごちなく荷物を大きな麦わらバッグにつめこみ、立ちあがった。

「さようなら、ええと……」

「アレンです」

「さよなら、ミスター・アレン。いい休暇をお過ごしください」なんとか体裁をとりつくろい、カレンは男に背を向け坂をのぼっていった。

「忘れものですよ」

ふりかえると、男が差しだした指の先に、ビキニのブラがぶらさがっている。「まあ！」カレンはあわてて戻り、ブラをひったくった。「ありがとう」

「つけますか？」

「いいえ」

「ほんとうに？　喜んで手伝いますけど」

「いいえ、けっこうです、ほんとうに。さよなら」

坂をのぼりながらカレンは背中に男の視線を感じていた。ビキニのボトムがきちんとお尻を隠していることを願いながら、残りの道を走らずにはいられなかった。

ガラスのドアを背中で閉めた。全身が震えている。キッチンの小さな冷蔵庫から冷やした水を取りだし、カレンは渇いた喉をうるおした。

寝室に入るとやっと、胸のタオルをはずし、ベッドに倒れこんだ。独り者の奔放な暮らしなんてもうたくさん。アバンチュールはごめんだわ。さっきのわたしなんて、ばかまるだしだった。あの男はきっといまごろ、浜辺で大笑いしているにちがいない。

ああ、なにもかもだいなし！　あの男とは二度と顔を合わせられない。彼を避けるために、残る休暇中、バンガローにこもっていなくてはならないのだろうか。

だめよ。そんなこと、とんでもない。いますぐビーチに戻らなくては。

意を決してカレンは勇ましく戸口に向かったものの、テラスに出るドアのところでふと足を止め、考えなおした。ここには座り心地のいい長椅子がある。静かだし、誰にも邪魔をされずにすむ。いまなら日当たりもいい。だったらここにいればいいじゃない。

卑怯者《ひきょうもの》！　カレンは心の中で叫んだ。

そのくせ、テラスに出る前に彼女はきちんとビキニのブラをつけていた。

彼女は結婚しているのかもしれない。たぶん、アメリカンフットボールの選手かなにかと。そうだ。ものすごく嫉妬《しっと》深い男で……。

いや、やっぱり結婚していないだろう。彼女が恐れていたのは、嫉妬深い夫なんかではなく、ぼくだ。いや、そうかな？　単にあの場面を恐れていたのかもしれない。両方かもしれない。いずれにせよ、彼女のおびえたようすは、とてもかわいかった。

デレクは窓辺にたたずみ、隣のバンガローの屋根を見つめた。彼女の驚いた顔を思い出すと、忍び笑いがもれる。ベルベットのようになめらかな茶色の瞳をまんまるにしていた。蜂蜜《はちみつ》色の髪はポニーテールにしていたが、ほどけば肩まで届くだろう。

紳士的にすぐタオルを差しだしていたら、彼女もあんなにうろたえなかったろう。だが、恥ずかしそうに頬を染めた姿は、とても魅力的だった。女性が赤くなるのを最後に見たのはいつだったろう？　いや、そんな姿を目にしたことがあったろうか。

彼の知っている女たちは、もの憂げに椅子の背にもたれ、流し目を送り、男の気をそそろうと、計算した作り笑いを浮かべる。

だが、浜辺の彼女に彼は心を奪われてしまった。小柄でやせてはいるが、体の線は柔らかく女らしい。恥じらいとぎごちなさ、それにおびえたようすがたまらなくいとおしかった。

もう一度彼女に会いたい。確かめてみなければ、夫や同伴者がいるのかわからない。デレク・アレンはなにごとにもチャレンジする男だった。とりわけ、興味をひかれた女性には。

彼はショートパンツを脱ぎ捨て、バスルームに向かった。

バスルームから出て、カレンは鏡に全身を映してみた。肌は順調に焼けている。初日にしては上出来だろう。皮がむけないように、花の香りのローションをつけた。頭に巻いたタオルを取り、濡《ぬ》れた髪を振って指で梳《す》く。ブラシに手を伸ばしたとき、玄関のドアにノックの音が響いた。胸のところにゴムの入った、タオル地の簡素なワンピースを着ると、カレンは忍び足で部屋を横切り、薄いカーテン越しに外をのぞいた。「まあ、やだ」ポーチに立っているのは、昼間浜辺で会った男だ。まったく、どういうつもりだろう。知らんぷりしていよう。そうすれば、あきらめて帰るだろう。でも、ここに来て、積極的な性格に生まれ変わろうとしてたんじゃなかったの？　アバンチュールを楽しむには、言いよってくる男をうまくあしらう術《すべ》も学んでおいたほうがいい。カレンは勇気をふりしぼり、〝あなたの魂胆はわかってるわ〟というような表情を作ってドアを開けた。

「やあ」

浜辺での〝こんにちは〟は儀礼的だったが、今回の彼の挨拶《あいさつ》には、言葉にもまなざしにも親しみがこめられている。その神秘的な金緑色の瞳で、好ましげに部屋着を見つめられると、カレンの全身にうずくようなざわめきが走った。

裸足《はだし》の足を重ね、カレンは膝をかたく閉じて、立ちすくんでいた。手のひらが汗ばんでいる。体に起きた変化に気づかれてしまったのだろうか。男はもの憂げな、ちょっと傲慢《ごうまん》とも思える微笑みを浮かべた。

「なにかご用でしょうか、ミスター・アレン？」その調子よ、カレン。まじめな人物を演じるのに、まさに最適のせりふね。B級映画のきまり文句だわ。でも、わざと意地悪くしているように思われないかしら。かまうもんですか。こういう男には、絶対にすきを見せてはだめ。

「ああ、カレン」彼の口からすらすらと自分の名が出てきたので、カレンはぎょっとした。

「砂糖を少しもらえないかな？」

「な、なんですって？」いったいわたしはなにを期待していたの？　ベッドへの招待？

そう、そのとおりだわ。他愛のない頼みに、こんなに驚いているんだから。

「砂糖です」そうくりかえしながら、彼は部屋の中に入りこんできた。「冷たい空気を外に逃がすのはもったいない」さりげなくそう言って、ドアを閉めてしまった。「バンガローは気に入ってますか？　ぼくのところはなかなか快適ですよ」

身の毛もよだつような場面がいくつも、カレンの胸に浮かんだ。こんなことなら、『ミスター・グッドバーを探して』でも読んでおけばよかった。彼は自然すぎる。洗練されすぎている。女の部屋に入ることなど、彼にとっては日常茶飯事なのだろうが、カレン・ブラックモアの常識では、これはまぎれもなく異常事態だ。

「ミスター・アレン……」

「デレクと呼んでください。隣同士なんだから、ファースト・ネームで呼びあうほうが自然でしょう」

相手が平然としているのでカレンはむっとした。「ここにいるあいだに、クッキーでも焼くつもりなんですか？」皮肉たっぷりに言った。

「えっ、どうして？」

「砂糖です。なぜ砂糖がご入り用なのかしら」

「ああ、砂糖ね。ちょっと待ってください」彼は口実をでっちあげようとしているのを、隠そうともしない。「持ってきたティーバッグでアイスティーを作ろうと思いましてね。

甘くないアイスティーは大嫌いなんです」いかにもまずそうな顔をしてみせる。

あまりにもみごとな嘘《うそ》に、カレンは笑いださずにいられなかった。唇を噛《か》んで笑いを押し殺そうとしたが、どうにもこらえきれない。「申しわけありません。わたし、砂糖は持ってないんです。人工甘味料ならありますけど」

彼は顔をしかめた。「砂糖はないんですか？」

「ええ、お役に立てませんわ、ええと……ミスター・デレク」

「じゃあ、なにか飲みものは？」

カレンはげんなりしてため息をついた。「はっきり言って、いまはお客さまを迎えるような状態じゃないんです。髪は濡れているし、お化粧もしてないし、こんな部屋着姿だし」そこでもう一度、深いため息をついた。「それに、ご招待したおぼえもありませんけど」

「どうしてビーチに戻ってこなかったんです？　ずっと待ってたんですよ」

「テラスで日光浴してたんです。プライバシーが守れますから」

デレクは微笑んだ。「トップレスで？」

「えっ？」カレンは一瞬、彼の白い歯の輝きにぼうっとした。

「トップレスって言ったんです。トップレスで日光浴してたんですか？」

「いいえ、違います」

「どうして？　誰かにのぞかれるのが怖かったんですか？」

「いいえ。怖いのは、うるさい隣人だけですわ」

彼は声をあげて笑った。深い、よく響く笑い声に、広い胸が上下する。カレンはその胸が裸だったときを思い出した。褐色の肌、汗に濡れ、日射《ひざ》しに輝くカールした胸毛、茶色の乳首……いやだ！　わたしったら、いったいなにを考えているんだろう。いまはゆったりした綿のポロシャツに包まれている彼の魅力的な胸からカレンは目をそらした。

「こちらへはひとりで？」

「ええ……まあ、ひとりのようなものです」

「ひとりのようなものってどういう意味かな？　ご主人がいるんですか？」

「いいえ、でも……」

「恋人？」

「いいえ」カレンの答えにデレクがいぶかしげに眉をつりあげると、彼女はそっけなく言葉を続けた。「一緒に来てる人はいません」

「やった！　ぼくもひとりなんです。一緒に過ごしましょう。そのほうがずっと楽しいに決まってる」

憤然として腕組みし、カレンはいらだたしげに足で床をたたいた。「ふたりでいったいなにをするんですか？」口に出してしまってから、自分の言葉に青ざめた。

「いまとっさにぼくの胸に浮かんだこと」デレクは、ふたりのつま先が触れあうほど近づいてきた。

彼はショートパンツをはいている。カレンの脚に彼の脚の毛が触れてちくちくした。

「どんな?」たずねる声がかすれる。

「ふたりじゃないとできないこと」

「なにかしら」

「テニス」デレクがからかうような笑みを浮かべる。

「テニス?」

「ええ。おかしいですか? あなたはなにか別のことでも考えてたのかな?」

カレンはまっ赤になった。「いいえ。もちろんそうだと思ってましたわ」

「やりませんか?」

「テニスのこと?」

「その話をしてたんでしょう?」

「もちろん、やります。少々は。あなたの腕前はどれくらい?」

「超A級ってとこかな。あなたは?」

「せいぜいBクラス止まりです。これじゃあ、一緒にやっても、あなたがつまらないと思うわ」

「そんなことないですよ。あなたがぼくよりうまかったら、男のプライドを傷つけられてしまう」

カレンは彼の言葉を疑っていた。ほんの数時間前に出会ったばかりの女性の、半裸に近い姿を平気でじろじろ眺めているようなずうずうしい男が、いちいちプライドなんか気にするとは思えない。

「シュノーケルをつけて泳ぐのはどうかな?」

「鮫《さめ》が怖いわ」彼女が意味ありげな目で見ると、デレクはまた声を出して笑った。

「その鮫は二本足かな?」

「思いあたるところがあるのかしら……」

カレンはふいに言葉を切った。デレクが両手をあげて、彼女の髪に指を差しいれたのだ。

彼は豊かに波打つ髪を指で梳いた。

「きみの髪の色は美しいね」広げた両手をすべらせ、濡れた髪をひと筋指にはさむ。

「ありがとう」

「ポニーテールにしていたときは、長さがどのくらいかわからなかった。このあたりまでだと思ってたんだ」彼はカレンの肩のところで手を止めた。「でも違った。もっと長かったんだね。そう……」指先が髪の下の肌に届き、そっと胸のふくらみをたどっていく。

「……ここまで」彼の声はささやきに変わっていた。

胸の頂に指を置いたまま、デレクはカレンの瞳をのぞきこんだ。長いあいだ、ふたりは息を殺し、身じろぎもせずに見つめあっていた。彼はカレンに触れ、唇を味わい、彼女の香りの中にうもれてしまいたかった。だが、彼女の大きく見開かれた目と、小きざみに震える体が、まだ心の準備ができていないことを告げている。またおびえさせるのはいやだった。

デレクがあとずさりすると、カレンはやっと恍惚《こうこつ》状態から脱した。

「今夜の夕食はどうするの？」

「決めてないわ」

「いつ決まるのかな？」

カレンはデレクの視線を避けようと努めた。彼の瞳にはなにか神秘的な力がある。まっすぐ見つめていると、意のままに操られてしまいそうだ。「プランを立てたりする気はまるでないの。この休暇はのんびり体を休めて、気ままに過ごすつもりだから」

「そう」ここに入ってきたとき、デレクはどういうなりゆきになるか、たいして考えていなかった。うまくカレンとベッド・インできるか、はたまた彼女の亭主につまみだされるか。どうも現状は、そのふたつの中間点のあたりらしい。

彼女がゆきずりの情事に慣れていないことははっきりしている。かといって、鉄の女というわけでもない。デレクは女に関しては、体も心も扱う術を十分心得ていた。彼にはわかっていた。彼女は興味はあるけれど、怖がって用心深くなっているだけだ。

浜辺でひと目見たときから、彼女とはベッドをともにすると決めていた。だがいまは、一歩引いて体勢を立てなおすほうがいい。

とっておきの笑顔でデレクは言った。「砂糖がないのは確かですね?」

カレンが笑いだした。その姿は、デレクの気持ちをいっそうかきたてた。防御の壁を取りはらったときの彼女は、ほんとうにいとおしい。

「じゃあ、また」

「さようなら」

カレンはデレクの後ろ姿を見送っていたが、彼が後ろ手にドアを閉めるとすぐ、ドアにもたれた。マラソンを走り終えたばかりのような気分だ。

拳《こぶし》で軽くドアをたたきながら、思いつくかぎりののろいの言葉を言ってみた。どうして、うまくできないのだろう。ウェイドにあらゆる自信を粉々に打ち砕かれてしまったというのに。いや、もともとわたしには、恋のゲームなんて無理なのだ。夫の関心すら引きつけておけなかった女が、海千山千のプレイボーイに太刀打ちできるはずがない。

確かに、リゾートの恋もいいなとは思う。つかのまの甘い情事。あとくされがなく、楽しい思い出として残るような、そんな出会いを夢見ていた。

そう、こんなふうじゃない。自分と同じように、孤独で、自信をなくしていて、恋のゲームに不慣れな相手を求めていたんだわ。

デレク・アレンのようなそつのない男ではない。彼はハンサムすぎるし、口がうますぎるし、セクシーすぎる。それに自分の魅力を自覚しすぎている。平気で人をからかい、わがままを口にしても、それがいやみにならない。やり口はとびきりクールなのに、まなざしは燃えるように熱い。彼のような男はだめだ。

夕食の前に、また彼が食事に誘いにくる可能性もある。カレンは逃げることにした。


やっぱりこれは、あまりいいアイデアではなかったのかもしれないと、カレンはわびしい気分で考えていた。このオープンテラスのレストランは、恋人たちの場所のようだ。周囲をカップルに囲まれ、ひとりぼっちでテーブルにいると、自分だけがよけい者で、まわりから浮いているような気がした。

去年買った背中のあいたサンドレスは、ほかの女性客が着ている流行のドレスに比べると、なんともみすぼらしかった。あすはショッピングに出て、あり金をはたいてふんわりした軽いドレスを買おう。ここにいるあいだは、パンティストッキングもやめだ。この熱帯の地で、そんなものを身につけている者はいなかった。

しゅろぶき屋根の小屋で、楽団が静かな音楽を演奏している。太陽は空と海に鮮やかな虹《にじ》を描いて、ほんの少し前に沈んだばかりだ。各テーブルの中央に、美しい花が飾られ、ランプの炎が浜風にちらちらと揺れている。なにもかもがロマンスにおあつらえ向きだ。こんなところで、わたしはいったいなにをしているんだろう？

「待たせちゃったかな？」

目をあげると、デレクの笑顔があった。カレンは自分に話しかけられたのか確かめるように、あわてて周囲を見まわした。彼女の答えを待たず、彼はテーブルの向かいの席に腰を下ろした。

「遅れてすまなかったね」

カレンはテーブルの上で腕を組み、怒ったふりをしていたが、実際はうれしくてたまらなかった。「あなたはとてつもなくずうずうしいのね、ミスター・アレン」

「きみのほうは、瞳と胸がとてつもなく美しい」カレンはあっけにとられた。「びっくりしてるみたいだけど、ぼくが忘れたとでも思ってたの？」彼の視線がカレンの胸元をかすめ、声が一オクターブ低くなる。「いまでもはっきりと目に浮かぶ。まるくて柔らかくてピンクの――」

「話を変えません？」

「いいとも」デレクは腕を伸ばし、両手でカレンの手を包んだ。「なんの話がいいかな？フレンチ・キスなんていうのはどう？　きみははじめてのデートでフレンチ・キスをしたりする？」

カレンは動揺のあまり口もきけず、じっと彼を見つめていた。

「ワインはいかがですか？」どこからともなく、ワイン係のボーイが姿を現していた。それとも、目の前の男の大胆さに惑わされて、ほかのものがすっかり消え去ったように思えたのだろうか。

「いいえ、けっこうです」

「ああ、頼むよ」

ふたりは同時に答えた。

ボーイはどぎまぎしてふたりの顔を見くらべていたが、結局デレクが自分の意見を通し、カレンが名前さえ口にしたこともないような年代ものを注文した。恐ろしく高価なワインらしく、ボーイも驚いているようだ。彼は指を鳴らして部下を呼びつけ、ワインを取りにいかせた。

「あれでよかったかな？」

カレンはなんとか屈託のない笑みを浮かべようとした。「もちろん」わたしには無理よ。とても手に負える相手じゃないわ。

「ビュッフェに行くのと、メニューで注文するのとどっちがいい？」

「ビュッフェの果物はすごくおいしそうだったわ」

「じゃあ、ビュッフェにしよう」デレクはさっと席を立ち、カレンの椅子を引いた。テーブルのあいだを抜けていくふたりに、女たちの視線が集まる。

デレクは、カレンがいままで出会った男性の中でもずばぬけてハンサムだったが、ほかの女たちにしても、これほど美しい男を目にするのは稀なようだ。彼はクリーム色のズボンに、真鍮《しんちゅう》のボタンのついた濃紺のダブルのブレザー、そしてクリーム色のシルクのシャツというでたちだった。ノーネクタイで、胸ポケットに小粋《こいき》に赤いチーフをのぞかせている。深くVの字にあいた胸元が、シャツの下のたくましい体をほのめかす。月光とランプの光を受けて、彼の髪の金色の縞が輝いていた。

ふたりの食べ物の好みは似ていた。選んだのは、新鮮な果物と野菜、赤身の肉、そしてパンを少し。

「口を開けて」ふりかえると、デレクがまっ赤に熟したいちごを差しだしている。カレンはためらった。男性の手からものを食べたことなんてあっただろうか。ウェイドともそういうことをしたおぼえはない。もっとも、デレクのエキゾティックな顔を見つめていると、ウェイドの姿などはほとんど記憶から消えてしまいそうだ。

無意識のうちに、カレンは口を開いていた。デレクは指先が彼女の唇に触れるまで、いちごをゆっくりと入れていった。

「ありがとう」

「どういたしまして」

どちらの声もかすれている。後ろに並んでいた男が大きな咳《せき》ばらいをするまで、ふたりはじっと見つめあっていた。

テーブルに戻ると、ワイン係が待っていた。

「ふたりのすばらしい休暇に」ボーイがさがると、デレクがグラスを掲げて言った。ふたりはグラスを合わせ、ワインをすすった。「どう？」

カレンは目を閉じ、喉を通るワインをじっくりと味わった。「すごくおいしいわ」

ふたりはゆっくりと食事をとった。デレクは今夜はずっと、カレンと過ごすつもりらしい。彼女は自分を歓迎するし、ほかになんの予定もないのだと勝手に決めつけているらしい。彼のうぬぼれに、ほんとうなら腹を立てるべきなのだろう。だが、この夕暮れの魔法にすっかり魅了されてしまったカレンは、とてもそんな気になれなかった。

強いワインだった。たちまち頭がぼうっとし、体はけだるくなった。ものを食べるデレクの口元を見ていると、またキスの話題を切りだしてくれないかと思ってしまう。唇の端に、彼の舌が見え隠れする。フレンチ・キス。カレンの胸は騒いだ。

「結婚したことは？」

彼女はワイン・グラスの脚をいじっていた。「してたわ。一年前まで」

「離婚したの？」

「そう」

「つらかった?」

「ええ」この話はここまで、とカレンははっきり態度で示した。

「家族はいないの?」

「子どものこと?」彼はうなずいた。「子どもはいないわ。妹のクリスティンだけ。彼女は十六で、まだ学生なの。わたしたち、ふたりきりよ」

ふたりのあいだには暗黙のうちに、相手のことはあまり知らないほうがいいという了解が成立していた。互いに立ちいったことには触れず世間話でお茶をにごした。カレンは秘書をしているとだけ言っておいた。デレクはあえてそれ以上たずねようとはせず、彼女のほうも勤め先や住所を打ち明けたりはしなかった。

「あなたはなにをしてるの?」

「ぼくは農夫さ」

デレクをじっと見つめたまま、カレンはワイン・グラスを置いた。「農夫ですって?」

彼は微笑んだ。「驚いた?」

「ええ。というか、ショックだわ」

「どうして?」

「農夫に知り合いはいないけど、正直言って、あなたはわたしの胸に浮かぶ農夫のイメージとはかけはなれているんですもの」

「じゃあ、ぼくはどんなふうに見える?」

「そうね……ビリヤードのプロ、ギャンブラー、それともエンターテイナーかしら」

「人は見かけによらぬものさ」

「ジゴロかもしれない」彼は明らかに傷ついたようだ。「からかってるんじゃないの?

あなたはほんとうに農夫?」

「ああ」デレクは笑った。

「なにを作ってるの?」

「いろいろさ。馬も少し育ててるし。要するに農場なんだよ」

カレンは納得した。この話はここまで。そう、お互いさまだ。彼の生活をせんさくする
つもりはない。むこうだってそのルールを守ってくれたのだ。

ふたりは見つめあいながら、ワインを飲みほした。

「さて、テニスとシュノーケルの話はすんだと。ぼくと寝てくれる?」

「だめよ!」笑いとも泣き声ともつかない声だった。

「ダンスは?」

彼女は、美しい音楽にのって、星空の下で揺れている恋人たちを眺めた。「いいわ」笑
顔で答える。

入江の鏡のような水面に張りだしたダンス・フロアへと、デレクはカレンを導いていっ

た。広げた腕に彼女が身を任せると、小さな背中に手をあてがって、カレンをさらに抱きよせる。

わたしはきっと今朝、あの浜辺で死んでしまったんだ、とカレンは思った。心臓発作かなにかで、苦しみもなく一瞬にして。わたしは今朝、浜辺で死んでしまったんだ。だって、ここは天国にちがいないもの。

3

男の腕に抱かれているのは心地よい。こうして抱かれてみるまで、自分がどんなにそれを求めていたか、カレンにはわかっていなかった。失った痛手が耐えがたかったので、離婚以来そういう感情は押し殺してきたのだった。

スキンシップがないために死んでしまう赤ん坊がいるが、カレンも人ごとではなかった。肌の触れ合いは、人間に不可欠なのだ。

そしてまた、カレンは見るからに女らしく、男性を必要とするタイプだった。デレクのそばにいると、それをはっきりと思い知らされた。彼はカレンよりもずっと背が高く、がっしりとしていて、力強い。彼にしがみつき、肌のぬくもりを感じていたかった。

デレクの完璧《かんぺき》なまでの男らしさが、ふたりの違いを際立たせる。彼は匂《にお》いも肌触りも違う。カレンは彼の全身に触れ、男性の匂いと感触を自分の手で確かめてみたかった。

「きみのドレス、好きだな」デレクの指がカレンの背中を上下する。

「なぜ?」

「きみの肌に触れられるから」彼の手がカレンの肩から首筋へと上ってくる。

「気に入ってもらえてうれしいわ」誘惑に負けて彼女はデレクの首に手をまわし、髪に指をからめた。

デレクはカレンのこめかみにキスした。いや、キスとは言えないだろう。唇を彼女の額の横にあて、静かにひと呼吸しただけだ。

「きみと寝たいんだよ、カレン」

彼女のステップが乱れた。「ほんとに？」

彼の唇が、カレンの頬から耳のあたりへとすべる。「わかってるだろ？　ぼくはきみに夢中だ。きみはとても美しいし、信じられないほどセクシーだ」

この人は誰かに雇われて、わたしにこんな言葉をささやくジゴロなのだろうか。それはまさにカレンが必要としている言葉だった。彼女の心に広がり、傷ついたプライドを癒《いや》してくれる。真実であれ、単なる殺し文句であれ、カレンはそんなふうにささやいてくれたデレク・アレンに心から感謝していた。

「いつもこんなことをしてるんでしょう」

デレクはカレンのあごを持ちあげ、悩ましげな顔をのぞきこんだ。「どんなこと？」

「女と出会い、誘惑してベッドをともにする」

虎の瞳《タイガー・アイ》はカレンの瞳を避けた。彼は長いあいだ、彼女の金のイヤリングを見つめていた。

再び視線が交わったとき、その瞳には深い悲しみの影があった。「そうだね」デレクはそっとつぶやいた。

カレンがゆっくりとうなずく。そんなことはわかっていた。少なくとも彼は、正直に認めてくれた。彼の豊かな経験に彼女はおびえた。やっぱりわたしにつりあう相手ではない。「わたしは違うの」静かに言った。「少なくとも、いままでは。ゆきずりの情事なんてできるかどうか、自信がないわ。あなたをがっかりさせたくないし……」

「なにも言わないで」デレクは自分の胸に彼女の頭をやさしく押しあてた。「こうしてきみを抱いているだけでいい。きみは最高のダンス・パートナーだ。いまはただ、踊ることだけを考えよう」

三十分以上も、ふたりはほとんど言葉を交わさずひたすら踊りつづけた。長年一緒に踊ってきたカップルのように、ふたりの動きは溶けあっていた。デレクの抱擁は、やさしさの中にもたのもしさがあった。彼にしっかりと抱き締められて、カレンは彼のすべてを体に感じていた。

ショーが始まり、ふたりはやっとテーブルに戻った。デレクがカレンにフルーツ・ドリンクを注文してくれた。レゲエのリズムに合わせて頭が鳴るようだ。鮮やかな衣装に身を包んだダンサーは体をくねらせ、芸人は派手に炎を吹きあげ、音楽がけたたましく鳴り響く。ふたりはいつのまにかショーに引きこまれ、音楽に合わせて手をたたき、司会者のジヨークに笑いころげていた。

ショーが終わると、デレクとカレンは腕を組んで歩いた。バンガローが近づいてくるにつれて、カレンの胸に不安がつのった。デレクは見返りを要求するだろうか。

彼女はびくびくして、やたらおしゃべりになった。「ほんとうに楽しかったわ。ダンスも素敵だったじゃない？ ダンスなんて何年ぶりかしら。一緒に過ごしてくださってありがとう。わたし……」

デレクは三本の指を彼女の唇に押しあて、おしゃべりをやめさせた。体でドアに押しつけられると、カレンの目は彼の瞳に釘《くぎ》づけになった。デレクはもう一方の手で彼女の頬を包み、指を髪に走らせる。

カレンは膝が震え、いつまで立っていられるか自信がなかった。デレクの胸の鼓動が聞こえる。彼女の腿はほてり、くずおれそうだ。乳房はうずいて張りつめた。

中指の先で、デレクはゆっくりとカレンの唇をなぞった。

「挑発的な唇だ」身じろぎもせずにささやく。「ぼくに甘い快楽を与えてくれるにちがいない」

カレンは息をのんだ。

「はじめてビーチできみを見たときから、きみを、この美しい唇を味わってみたかったんだ」デレクはカレンの首を手で支え、身をかがめて唇を重ねた。カレンはいつのまにか目を閉じ、腕を彼の腰にまわしていた。

はじめのうち、デレクは軽く唇を押しあてるだけだった。冷たく柔らかい唇だった。かすかにひげの感触があるものの、甘いとろけるようなキスだった。

やがて、温かく濡《ぬ》れた舌が、カレンの唇をなぞりはじめた。いつしか、彼女の唇はかすかに開き、口からもれる息の乱れは、自分でも驚くほどになっている。欲望の波に胸は激しく上下し、両手は狂おしくデレクの背中をまさぐっていた。

うむを言わせぬ強引さで、デレクは唇をぴったりと重ね、舌をカレンの口の奥深く差しいれた。

巧みなキスだった。単なるキスではなく、舌でカレンの口と愛を交わしていた。彼は彼女のすべてを味わい、満たした。

たった一度だけ、かすかに身を引いてカレンに息をつくいとまを与えたが、そのあいだも彼女の顔に軽いキスの雨を降らしていた。まつげ、鼻、頬骨、耳たぶと、唇の洗礼を受けなかった場所はない。そしてまた、当然の権利のように自由を奪い、彼女の唇をむさぼるのだ。

愛撫《あいぶ》も大胆そのものだった。しだいに高まってゆく抱擁ではない。彼は無造作にカレンの乳房をつかみ、手の中でもてあそぶ。彼女は思わず、すすり泣きをもらした。

胸をもみしだく手と口を味わう舌が、ゆっくりとだが確実に、カレンの官能をかきたててゆく。デレクの親指が、突きでた乳房の中心を羽根のようにかすめると、雷に打たれたようなショックが全身を貫き、カレンはあえぎをもらした。

デレクはきつくカレンを抱き締め、やさしく揺さぶり、顔を彼女の首筋に埋《うず》めた。彼の息は熱く乱れていたが、しばらくして頭を起こしたとき、表情は穏やかだった。「きみはとってもかわいい」彼はそっとキスした。清らかなキスだった。「おやすみ」

夜の闇《やみ》の中にデレクの姿が消えてゆく。カレンは夢見心地で、寝室に入っていった。電気をつけようともせず、服を脱ぎ、ベッドに横になっても、夢から覚めるのを恐れて、身じろぎもしなかった。

恍惚感《こうこつかん》がワインのようにカレンの全身を満たす。彼女はあっというまに眠りに落ちていた。


デレクが暗いバンガローに入ったとたん、電話のベルが鳴った。「もしもし?」期待に胸が高鳴る。彼女がベッドに招待してくれるのだろうか。

だが名前を告げる相手の声に、デレクはがっかりして肩を落とした。「やあ、元気かい?」受話器を手にしたまま、ベッドに倒れこんだ。

「はい、おかげさまで。お父さまは疲れきっていらっしゃいます。そうでなければ、ご自分でお電話なさるんですが」

どうやってこっちの居場所をつきとめたのか聞いても始まらない。べつにこの旅行を秘密にしていたわけではないが、人に言いふらしたおぼえもない。父は独自の情報網を持っているのだ。

「父はどうしてる？」

「はあ……その、あなたに会えなくて、たいへんがっかりなさってます。お父さまの到着の前日に、あなたが旅行に出てしまわれただけにいっそう……」

父の部下は気を遣って〝がっかりしている〟などという言葉を使ったが、どうやら父は激怒しているらしい。父の滞在中、デレクが町から姿を消すことにしたのを、あまり好意的に解釈していないようだ。だが、なぜそうしたのか、父にもよくわかっているはずだし、結局は許してくれるだろう。

「ほんとうにすまないと思ってるんだ。長くいるつもりはないから、たぶん父がまだそっちにいるあいだに戻ると思うよ」

「たぶん、ですか。その点に関しては、はっきりお返事いただけないわけですね。いずれにしても、お父さまに会われたほうがいい。いろいろあなたと相談したいことがおありなんですよ」

「ぼくも父には会いたいよ。ただ、ワシントンじゃ、いやなんだ。父もそっちにいるあいだは忙しいだろうしね」

「確かに。ここ二、三日は殺人的なスケジュールです。お父さまの責任は非常に重いですからね。あの方はそれを真剣に受けとめ、義務以上のことを果たそうとなさる」

責任感のないぼくへの当てこすりだろうと感じながらも、デレクは聞きながすことにした。「父にできるだけ休養を取るように言ってくれ。母は父と一緒なの?」

「はい」

デレクはにっこりした。父の健康には、母が気を配ってくれるだろう。「ふたりによろしく伝えてほしい。それから」デレクはちょっと考えてからつけ加えた。「ぼくの居場所は、世間にはしばらく伏せておいてもらいたいんだ」

「どうしても、ワシントンに戻ってらっしゃるのは無理なんですか?」戻ってこいと言わんばかりの口調だ。デレクは隣のバンガローに目をやった。彼女には、父を怒らせるだけの価値があるだろうか。

デレクが突然、夕食のテーブルに押しかけたときの、びっくりしながらもうれしそうだった彼女の顔や、華やかな笑い声、腕に抱いた感触、唇の味わいが思い出された。

「ああ、ここ数日は戻れないよ」

「それでは、そのようにお伝えしておきます。おやすみなさい」

「おやすみ」

デレクは電話を切ると、暗がりの中でじっとしていた。これまでずっと、世間一般の人間には想像もつかないような選択ばかり迫られてきた。そういった選択が、容易であったことは一度としてない。

彼は服を脱ぎだした。裸になるとテラスのドアを開け、海の風を入れた。夜風が素肌に心地よい。

空には満天の星。都会の星と違って、間近に大きく輝いて見える。まんまるい月が入り江の水面に映ってゆらゆらと揺れている。月明かりに白く浮かびあがる砂浜には、風にそよぐやしの木が、細長い鉛筆のような影を落としていた。このすばらしい夜に足りないものはただひとつ……。

彼女だ。

ベルベットのような夜空を思わせるあの瞳。彼女の体もまた、ベルベットのような感触だろう。デレクは彼女のすべてに触れてみたかった。そして、あの唇の甘美な味わい。永遠にキスしていたかったが、常識がそれを押しとどめた。彼女は、荒々しく奪ってしまえる相手ではない。

胸の頂に触れたときの、しなうような体の動き。デレクのかたいふくらみを、彼女の股間のクッションが受けとめたときには、理性を失いそうになった。そしていま、こうして拳《こぶし》を握り締めながら、やっとの思いで欲望を押し殺している。激情に任せて突っ走れば、彼女を失うだろう。そんな危険は冒したくなかった。

今夜デレクが強引になにかすれば、あす彼女はそれを後悔する。無理やり誘惑したデレクを、彼女は恨むだろう。いつもなら、彼はそんなことは気にしなかった。あすになればなったで、また別の女が待ちうけているのだから。

だが今度は違う。一夜かぎりの遊びのつもりではない。あの恥ずかしがり屋のカレン・ブラックモアという美しい女には、さまざまな障害を乗りこえるだけの価値がある。苦労を重ねるぶんだけ、勝利の味は格別だろう。

デレクは寝室に戻り、冷たいシーツに横になった。天上に揺れる影を眺め、満たされない体をなだめるように、カレンのことを考える。眠気に襲われながらも、手に彼女の乳房を感じていた。


朝の光が昨夜の魔法を消してしまった。コーヒーをすりながら、カレンは暗い気持ちで自分の行動を思いかえしていた。どうしてあんなふうに理性を失ってしまったのだろう？　彼が注文してくれた飲みものには、薬でも入っていたのだろうか。月の光と音楽が、わたしの心を狂わせたのかしら。

理由はどうあれ、半日前に知りあったばかりの男にキスを許してしまった。しかもあんなキスを。そして愛撫まで。ああ、なんてこと。

椅子に座ったまま膝を抱え、カレンは自分を責めていた。嘘《うそ》つき！　ほんの二、三週間前、クリスティンが泣きながらやって来たときの光景が、胸に浮かぶ。

「すごくまじめそうに見えたの。確かにダンスはとっても楽しかったわ。ドラッグやパンク・ロックにうつつをぬかすような男の子じゃないの。とっても紳士的で」クリスティンは鼻をすすりあげた。「でも車を寮の前に止めると、急に人が変わって。キスは素敵だったわ。そこまでは許せたの。でも彼ったら、もっと求めてきて……わかるでしょ。わたしのこと好きだからって言うんだけど……」

「男はみんなそう言うのよ」カレンは寂しげな笑みを浮かべた。

「ほんと？」

「アダム以来ずっとね」

「それから、ぼくのこと好きかって彼が聞いたの。ええって答えたら、それなら……許すはずだって」

「それも男の決まり文句ね」

クリスティンの目に、また涙がどっとあふれた。「彼のことは大好きよ。いまでも。でも、今度またデートしたら、きっと求めてくると思うの。わたしはまだ、そういう気になれないのよ。ばかにする友だちもいるわ。彼女たちはピルを飲んで、しょっちゅう男の子とベッドに入ってる。でもなんと言われても、わたしはまだいやなの。もっと大切にしたいのよ」

うわべは平静を装いながらも、カレンは内心縮みあがっていた。十六歳で、ピルですって！

「悩むことないわ、クリスティン」彼女は妹の髪を撫《な》でた。「その時が来れば、わかるわ」

「どんなふうに？」

「おのずとわかるものよ。保証するわ。それは、車のバックシートでもみあうなんてことじゃないの。ふたりの人間のあいだにほんとうの思いやりが通いあうことなのよ。あなたが自分の一部を相手に与えれば、むこうはあなたに対して責任を感じるし、あなたのほうだって同じことよ。ふたりのあいだにそういう信頼関係が育っていなければ、セックスなんて虚《むな》しいものだと思わない？」

「そうね」クリスティンはカレンの肩に頬を寄せた。

「セックスは体だけの問題じゃないわ。心ともよく相談しないと。感情に押しながされてはだめよ」

からになったカップにコーヒーを注《つ》ぐカレンの手は震えていた。昨夜の彼女こそ、まさに感情に押しながされていたではないか。デレク・アレンにキスされると、〝責任〟だの〝信頼〟だのという言葉は、あっというまに胸から消えていた。

だが、きのうはきのう、きょうはきょうだ。いまはもう夢から覚めた。偶然ビーチで彼に出会っても、よそよそしくしなくては。

ビーチに出ていくことを思うと気が重かった。デレクが憎らしい。彼にせっかくの休暇をだいなしにされるのなんてごめんだし、おびえたけもののようにバンガローに隠れているのもいやだ。

荷物をバッグにつめこむと、カレンは浜に下りていった。人影はない。ほっとしたような、がっかりしたような複雑な心境だ。かたい砂の上にタオルを広げ、体にたっぷりとサン・オイルを塗る。体をゆったり伸ばして横になった。

いつのまにかうとうとしていたらしい。はっとして体を起こし、声のするほうに顔を向けると、すぐそばにタオルを敷いて、デレクが寝そべっていた。彼は猫のように忍び足で動きまわるにちがいない。

彼はにっこりと微笑《ほほえ》んだ。「おはよう」

「おはよう」

「早起きだね」

「いつものことよ」

「ぼくもそうなんだが、きのうはなかなか寝つけなくて」

明らかに、寝つけなかった理由をたずねてほしがっている。だがたずねれば、カレンが避けたい方向に会話が進んでしまうだろう。「失礼」デレクに背中を向け、また目を閉じた。

「ひとりになりたいってことだね」

カレンはため息をついた。まったく、面倒な相手だ。「ええ、できれば」

「わかったよ。きみはそこでひとりだし、ぼくはここでひとりさ」

カレンはつい、太陽に向かって微笑んでしまった。

しばらく沈黙が続いた。カレンはデレクがこちらを見ているかどうか確かめたかったが、ふりかえる勇気がなかった。顔が合ったらどんな顔をしていいかわからないし、こっちを見ていなければがっかりするだろう。

「ビキニのブラをはずしたっていいんだよ」

「はずしたくないわ」

「見ないって約束するから」

「じゃあ、わたしは自力で中国まで飛んでいくって約束だってできるわ」

デレクは無邪気な笑い声をあげた。「きみが好きだよ、カレン。きみは正直だ」

「あなたはむちゃくちゃね」

「ほんとにトップレスで日光浴しないの？」

「ええ、絶対」

「あとがつくよ」

「ひとりになれれば、その心配もないわ」

「こりゃあ、一本取られたな」好奇心に負けて、カレンはデレクに目をやった。彼はカレンのほうを向き、頬づえをついて寝そべっている。「きみにぴったりのものがあるよ。着たままで日焼けできる水着って知ってる？」

「そんなものがあるの？」

「この夏の新製品さ。見かけはふつうの水着と変わらないんだけど、日光を通す特殊な繊維でできてるんだ」

カレンは疑わしげな目をした。「作り話じゃないの？」

「違うよ！」デレクは笑いながら叫んだ。「『ピープル』に載ってたんだよ。見なかった？」

「『ピープル』なんか読まないもの」

「じゃあ、どんな雑誌を読んでるの？」

「『タイム』よ」

「おもしろくないだろ？」

「でも、『ピープル』よりはためになるわ」

「日光を通す水着のことは知らなかったじゃないか」

「一本取られたわ」ふたりとも声をあげて笑った。

だめだ。どうも相手のペースに巻きこまれてしまう。カレンはまた、デレクに背中を向けた。

彼は砂をいじりながら、カレンの美しいプロポーションを眺めていた。彼女が『ピープル』を読んでいなくてよかった。これで、こちらの素性を知られる心配もない。ただのデレク・アレンでいられる。

彼女はほんとうにすばらしい体をしていた。脚は長く美しく、腹部にもぜんぜん贅肉《ぜいにく》がついていない。そして柔らかな半円を描く胸。ビキニのブラを乳首が押しあげている。横顔にはしわひとつない。ゆったりと束ねたブロンドの髪は潮風に吹かれ、ほつれ毛がゆらゆらと揺れている。

デレクの男性の象徴が、欲望にふくらんだ。

「きみがブラをはずそうがはずすまいが、ほんとうはどうでもいいんだ」彼はやさしく言った。「ぼくはきみの胸がどんなふうだか、知ってるから。一日中ここに寝そべって、その姿を思い浮かべていることだってできるし」

言いかえしても無駄。無視するのがいちばんだ。カレンはなにも言わなかった。数分、沈黙が続いた。

「触ったことだってある」

カレンは目を見開いてふりかえった。デレクは彼女にあからさまな視線を送っている。

彼女は起きあがり、動揺を隠すためにバッグからサンタンジェルを取りだした。手が震えて、キャップを砂の中に落としてしまった。自分の狼狽《ろうばい》ぶりと、その原因のデレクがいまいましい。チューブを押すと、ジェルが適量の倍くらい手のひらに飛びだした。

「ああ……」

「しようがないな。ぼくがやってあげよう」

あらがうひまも与えず、デレクはカレンのかたわらにひざまずくと、彼女の手からチューブを奪い、ジェルも自分の手のひらに移した。

ゆっくりと両手をこすりあわせながら、じっとカレンを見つめる。彼女は目をそらすことができなかった。デレクが肩に手を置き、ジェルをのばしはじめても、彼の瞳の魔力から逃げられなかった。

「ゆうべのこと、おぼえてるだろ、カレン?」

「ええ」彼女は夢遊病者のように答えた。

「ぼくがキスしたことは?」

「ええ」

「きみに触れたことは?」

日に焼けたたくましい手が、彼女の腕を下りていく。指先には力がこもっているが、手の感触はやさしかった。昨夜のデレクの愛撫がよみがえり、カレンはそっと目を閉じた。

「ええ」

「じゃあ、どうしてなにもなかったようなふりをするんだい？」

デレクはおなかのあたりに両手でジェルをのばしていく。

「あれは起きてはいけないことだったからよ」カレンの声は震えていた。

デレクは前かがみになり、カレンをゆっくりとタオルの上に寝かせた。「起きてはいけないこと？」彼の息がカレンの顔にかかる。

「そう」

「どうして？」

「わたしらしくないから。わたしは男の人と気軽につきあうほうじゃないの。自分を見失っていたわ」

カレンの耳を軽く噛《か》みながら、デレクはくすくす笑った。「嘘ばっかり。きみみたいに正直な人ははじめてだ。それも魅力のひとつだけどね。感じていることや考えが全部、すぐ表情に出てしまうんだ」

「わたしは平凡な人生を送っている女よ。あなたにつりあうような相手じゃないわ」

デレクはむさぼるような視線を、カレンの全身に浴びせた。「きみは美しい」

「あなたにはわかってないのよ」デレクの唇がカレンの鎖骨をなぞる。「こんなのいけないわ」

「なぜ？　きみはきのう傷ついた？」

「いいえ」

「ぼくもさ。素敵じゃなかった？」彼はビキニのブラに歯を立てた。カレンの中で長いあいだ眠っていたものが目覚める。

「いいえ、素敵だったわ」

デレクの口が彼女の胸をかすめる。触ってほしい。乳房を包んでほしい。激しい欲望がカレンの体を突きぬけ、デレクを求めた。

「あんな素敵な夜を過ごしたのは久しぶりだ」デレクは体を起こし、じっとカレンを見つめた。「ほんとうだよ、カレン。信じてほしい」

デレクが唇を重ね舌を差しいれてくると、無意識のうちにカレンの腕は彼の背中にまわっていた。甘いキスに体はのけぞり、あえぎがもれる。

デレクがビキニのブラをはずしても、カレンは抵抗しなかった。まわした腕に力をこめ、裸の胸にそのぬくもりを抱き締める。デレクはため息をつくと軽く彼女の鼻先をなめ、再び唇を奪った。

長く激しいキスだった。デレクはカレンをはさみこむように両肘で体を支え、両手の親指だけで乳房のまわりに円を描く。カレンはうずくような欲望にさいなまれた。デレクがゆっくりと体を起こすと、カレンは驚いて目を開いた。「どうしたの？」

「しばらくひとりにしてあげるよ」

「まあ」彼女の声は失望を隠しきれなかった。

彼はにっこりした。「人生は素敵な経験の連続だって、ぼくは信じてるんだ。きのうきみがそういう思いを味わわせてくれた」いたずらっぽく人差し指でカレンの唇をなぞる。

「ぼくが戻ってくるまで、たっぷりプライバシーを満喫するといい」デレクは彼女の肩にキスした。「ぼくがいると、トップレスで日光浴できないだろ」立ちあがり、首にタオルをかけた。「二時にバンガローに迎えにいくよ。用意しておいて」

「用意って？」

「ぼくのためにさ」

4

あの男は、人をぜんまい仕掛けの人形とでも思っているのだろうか。〝跳べ〟と命令すれば、ぴょんと跳びはねるとでも。カレンはうんざりして鏡を見た。だいいち、言われたとおり家にいることもない。なのに、わくわくして待ってるなんて。

わくわくして、なにを待っているのだろう？　彼は詳しいことはなにも言わなかった。どんな服を着ればいいのかもわからない。それとも、にっこり笑って裸で出迎えるのがお望みなのかしら？

おあいにくさま。わたしはショッピングに行くんだから。そう思って服を選んだ。マドラス・チェックのショートパンツにポロシャツ。だが、着替えをすませて鏡に向かうと、気が重くなった。これではまるで女学生だ。彼がふだん連れて歩いている女たちとは、大違いだろう。

ドアにノックが響くと、カレンは心臓が飛びだしそうになった。とまどいを隠すために、サングラスをかけてからドアを開けた。

「やあ」デレクはカレンが自分の言葉に従うことを疑いもしなかったようだ。

だが彼女は、彼の姿にほっと安心した。ショートパンツに半袖《はんそで》のシャツ。すぐさま女をベッドに誘いこもうとしているようには見えない。実際彼は十も若く見え、まるでボタンつけを頼みにきた少年のようだ。カレンは思わず笑ってしまった。

「なにかおかしなことでも言ったかな?」

「いいえ、ただ……」彼の肩越しに、バンガローの前の道が目に入ると、カレンはふいに口をつぐんだ。「あれに乗るの?」

「もちろん」デレクは後ろにまわしていた手を差しだした。「どっちの色がいい?」

カレンは目の前のきらきら光るヘルメットをぼんやり眺め、それから道にとめてある二台のバイクを指さした。「わ、わたし……乗れないわ」

「乗ったことあるの?」

「いいえ」

「じゃあ、やってみなきゃわからないさ」デレクは軽くカレンのあごをつついた。「はい、キーだよ」バイクのほうを見たまま、カレンは黙ってうなずいた。デレクが背後ですかさずドアを閉め、逃げ道をふさぐ。彼は彼女の手にヘルメットを押しつけ、前に押した。

「そんな顔しないで。おもしろいんだから」

「自分が死ぬか、人をひき殺すかだわ」

「そんなことないよ。ほんとうに簡単なんだから。自転車に毛のはえたようなもんさ。自転車には乗れるんだろ？」

カレンはきっとしてデレクをにらみつけると、さっとヘルメットをかぶった。「乗り方を教えて」

彼がにっこりする。「ギアは三段階。左足で操作するんだ。ほら、ここだよ。ファースト、セカンド、サード。わかった？　ブレーキはハンドルについてる。左側通行だってことも、忘れちゃだめだよ」

五分とたたないうちに、カレンはデレクと並んで、さとうきび畑を抜ける曲がりくねった道をバイクで駆けぬけていた。

「すごいわ」エンジン音に負けじと声をはりあげる。「すごく気に入っちゃった」

「いい気になって飛ばしすぎるなよ」

「どうして？　追いぬかれるのがいやなの？」

「きみはぼくから逃げられないよ」

カレンは思わずデレクの顔を見た。彼がその言葉を二重の意味で言っているのは明らかだ。彼女の胸は騒いだ。

デレクはカレンをモンテゴ・ベイのショッピング街に導いた。「さて、最初になにをしよう？」バイクを止めるとたずねた。

「きょうはちょっと買い物をしたいの」

「おみやげ？」

「いいえ。自分のものよ」

「洋服かなにか？」

「ええ」

「じゃあ、このあたりに手ごろな店があるはずだ」デレクはカレンの腕を取った。

ほどなく一軒のブティックを見つけ、ふたりは中に入った。商品を手に取りながらも、カレンは壁にもたれて自分を見ているデレクが気になってしようがない。彼はそれを察して言った。「外で待ってるよ。ここは狭くて暑いから」

カレンは感謝の微笑《ほほえ》みを浮かべた。「すぐ終わるわ」外に出る前に、彼はすばやく彼女にキスした。

カレンは、ひと目でとうもろこし色の薄い綿のドレスが気に入った。胸までぴったり体にフィットし、幅の広い肩ひもつきで、背中のくりが深く涼しげだ。ふんわりしたフレアースカートの裾《すそ》は、フリル飾りの大胆なジグザグカットで、丈はふくらはぎのあたりまで。幸い、このドレスにぴったりのサンダルとブレスレットを持ってきていた。

店を出て、大きな麦わらのバッグに包みをつめこむ。デレクがそれをじっと見ている。

「小さな包みだね」

「ドレスよ」

「そんな大きさの？」彼は意味ありげな目つきをした。「それは興味があるな」

「折りたたむと小さくなるだけよ」カレンはすました顔で言った。

ふたりはほかの恋人たち同様手をつなぎ、いろんな店を冷やかして歩いた。オープンカフェで飲みものが来るのを待っているとき、カレンは、きのうからウェイドや離婚のことをまるで考えていないのに気づいた。こんなことは珍しい。ここ一年、離婚の二文字がずっと心を占領していたというのに。デレク・アレンが、それを忘れさせてしまった。

そして彼は、カレンに再び女らしい気分をも味わわせてくれた。ちょっとした言葉ややさしい愛撫《あいぶ》で、傷つけられたプライドが癒《いや》されるなんて、思ってもみなかった。

その日の午後ずっと、カレンはデレクと甘い時を過ごした。なんの話をしていても、ふたりの会話はすべてセックスを暗示していた。言葉もしぐさもまなざしも、すべてセクシーだった。

デレクがカレンの目の前で指を鳴らす。「目を覚まして、カレン、目を覚ますんだ」

無意識のうちに、彼女は彼の手を握って揺らしていたようだ。「ごめんなさい。白昼夢を見てたみたい。なにか大切なことを聞き落とした？」

「ぼくの熱いまなざしに気づかなかっただけさ。ねえ、どんな夢を見ていたの？　ごくふつうの夢？　ちょっと、みだらなの？　それとも大胆にエロティックな夢かな？　ぼくも出てきた?」

ここでくだくだ離婚の話を打ち明けるつもりはない。カレンは魅惑的な微笑を浮かべると、まつげをしばたたかせた。「あなたって、うぬぼれ屋ね」

デレクは彼女の手をぎゅっと握った。「ぼくも出てきたの?」

「出てきたこともあるわ」

「ふつうの? みだらなの? それともエロティックなのだった?」

「みだらな夢やエロティックな夢なんて、見たことないもの」

「ほんと?」

「あなたは?」

「ぼくはいま見てる最中さ」

おりよくウェイターが飲みものを運んできて、カレンはほっとした。「きれいすぎて、飲むのがもったいないみたい」カレンが注文したトロピカルドリンクは、パイナップルとオレンジのスライスで美しく飾られていた。見かけに劣らず味もいい。「うーん、おいしい。でも、忘れてはだめだわ、あのバイクを運転して帰るのを……。ところで、わたしのバンガローまで、どうやってバイクを二台も運んできたの?」

デレクはいたずらっぽく眉毛を上下させた。「ぼく、じつはスーパーマンなんだ」

ほんとにそうなのかもしれない。彼はカレンの悲しみを吹き飛ばし、女としての自信を回復させてくれた。こんなにのんびり気ままになれたのは、離婚以来はじめてだ。いや、もっと前からかもしれない。生まれてこのかた、こんな楽しい気分を味わったことがあったろうか。

「早く飲んで。もうバーテンに、おかわりのラム酒を注文したんだ」

それからふたりは、バイクを止めた場所までそぞろ歩いた。デレクの腕はカレンの肩にまわっている。互いの腰が何度もぶつかりあった。ふたりともけだるくリラックスした気分で、カレンはそれをラムに酔ったせいにしておいた。

デレクの態度が突然変わった。はじめのうちカレンはなにがなんだかわからなかった。急に体をこわばらせ、ひどい悪態をついたかと思うと、彼女にはわからない言葉でなにかぶつぶつ言っている。

カレンを抱えたまま、彼もすばやく方角を変えて歩きだした。いままで見たこともないような、怖い顔をしている。カレンはふりかえり、豹変《ひょうへん》の原因を探った。

目についたのは、アイスクリームをなめながらよたよた歩いている、肥満体の男だけだ。首から高級なカメラをさげているが、観光客には見えない。白いシャツに黒っぽいズボン、ネクタイをゆるめたその姿は、ほとんどの人がショートパンツにサンダルばきのリゾート地では、場違いな感じがする。

「来るんだ」カレンの腕を引っぱり、デレクがうなるように言った。小走りに近い歩調でどんどん進んでいく。ついていくのがやっとだった。まわり道をし、細い道の人波をぬって、デレクは先を急ぐ。

「デレク、いったい……」

「お願いだから急いでくれ、カレン。ここを抜けださなきゃならないんだ」

バイクにたどり着くと、デレクは投げつけるようにして、カレンにヘルメットを渡した。

「さあ、早くかぶるんだ」

カレンがやっとのことでバイクのエンジンをかけた瞬間、デレクはもう自分のバイクで飛びだしていた。

ふたりは猛スピードで通りを走りぬけた。カレンは恐怖でいっぱいだった。道が狭いだけでも危険なのに、慣れないバイクをこんな速度で飛ばすなんて、自殺行為同然だ。

ある道の角で、デレクは急ブレーキをかけてバイクを止めた。「くそっ！　こっちだ」カレンに、路地のほうを指で示す。さっきの太った男が、ふたりをめがけて息を切らして走ってきた。

カレンはデレクのバイクの赤い後部ランプだけを頼りに、黙って彼のあとを追った。背後にびゅんびゅん飛び去っていく風景には、努めて目を向けないようにした。

やっとのことで町はずれまで来たが、デレクはまだスピードを落とそうとしない。追っ手もないというのに、狂ったようにバイクを飛ばしている。スピードと彼の両方が恐ろしくて、カレンは震えた。そのとき、前方に一羽の雄鶏《おんどり》が飛びだしてきた。あわや間一髪でよけたものの、カレンのバイクはバランスを失い、車道を飛びだした。廃屋の壁に激突というところだったが、ぎりぎりでブレーキがきいた。

エンジンを切りバイクから降りると、彼女はよろめきながら、陰になっているあたりに向かった。壁に手をつき、激しく咳《せ》きこむ。バイクが止まる音が聞こえたが、カレンはふりかえりもしなかった。

「カレン、だいじょうぶかい？」デレクが肩に手を置いた。

カレンは彼のほうを向いた。「いますぐ事情を説明してちょうだい！」瞳を怒りに燃えたたせ、荒っぽくヘルメットを脱いで、地面にたたきつけた。髪がさっと肩に流れた。「誰がなんのためにわたしたちを追っていたの？　あの太った男は誰？」カレンは人差し指をデレクの鼻先に突きつけた。「知らないなんて言わせないわよ。わたし、二度も見たんだから」

「怒るのも無理ないな」

「あたりまえよ」

「怒ったきみは、ぞくぞくするほどセクシーだ」

デレクは赤く染まったカレンの頬を撫《な》でようとしたが、彼女はいらだたしげにその手を払いのけた。

「どうしてあんな危ない走り方をしたのよ！」

「けがをしたの？」

さっきまでとはうって変わったやさしい思いやりが、かえってカレンの怒りに火を注いだ。「説明して！」彼女は叫んだ。「あなたは結婚してるの？　あのカメラをさげた男は、嫉妬《しっと》深い奥さんが雇った私立探偵？」

「いや、彼は私立探偵なんかじゃない」

「あなた、結婚してるの？」

「妻なんかいないよ。結婚したことはない」

カレンはデレクの表情を探った。結婚していないと聞いてほっとしたものの、あのカメラをさげた男を見たときの彼の変わりようは、まだ説明がつかない。「ドラッグ？　罪を犯して警察に追われているの？　なにか悪いことをしたの？」

デレクは苦笑いしながら首を振った。「そんな派手な経歴はないよ。信じてくれ」

「あなたが結婚してるとか、犯罪者とかなら……つまり、わたし、そういう人とはかかわりあいたくないわ」

「じゃあ、どんな人間とならかかわりあうんだ？」ぶっきらぼうにそう言うと、デレクは強引にカレンの唇を奪った。彼女は全身で抵抗した。質問を無視したデレクと、すぐ彼にまるめこまれる自分自身の両方が腹立たしい。

だが、しょせんデレクの唇にかないはしない。カレンの抵抗はしだいに弱まり、悪態は喜びのすすり泣きに変わった。ほどなく彼女の腕はしっかりと彼の頭にからみつき、体はのけぞっていた。デレクが全身で、カレンを壁に押しつける。

「カレン、カレン、きみが欲しい」カレンの下腹部の柔らかなくぼみに、デレクが腰を押しつける。彼はかたくなっていた。カレンはそれを感じた。

片手で彼女の首を押さえ、もう一方の手の甲で頂がかたくなるまで乳房を愛撫する。あえぎをもらしながら、デレクは再びカレンの唇をふさぎ、彼女の体から意志や判断力を吸いとるような、そして自分を彼女の中に注ぎこむような、激しいキスを浴びせた。

「今夜ぼくのところに来てくれる?」彼の瞳は燃えるようだ。「夕食に」と言葉を添えた。食事のあとにはベッドが待っている。カレンにはわかっていた。そしてデレクは、彼女がわかっているのを知っていた。

「お願いだ」やさしく、かすかに唇が触れあうだけのキス。まるでそよ風のような。「お願いだから」

カレンは黙ってうなずいた。デレクは彼女を抱きよせ、頭をあごの下に抱えこんだ。バイクを走らせる気力がよみがえるまで、彼はずっとカレンを抱いていてくれた。

カレンのバンガローの戸口まで来ると、デレクは彼女の全身にさっと視線を走らせた。それだけでもう、着ているものを全部はぎとられたような気分だ。「じゃあ、日没のころ、ぼくのバンガローで」

「わかったわ」

バイクは、このあたりでいちばん大きなマンションの駐車場に置いてきた。デレクはカレンに背を向け、なにも言わずに歩きだした。


滝のような汗が、カレンの体を流れる。

デレクが去ったあと、彼女は昼寝をしようとしたが、気が立ってとても寝つけそうになかった。フラストレーションを解消するには運動がいちばんだ。

レオタードとショートパンツに着替えると、カレンはホテルのヘルス・クラブに向かった。痛みを感じるぐらいまで、十分に筋肉を伸ばし、ほぐす。柔軟体操だけでもう息がはずんでいた。さっきの出来事も、さほど気にならなくなってきた。いまはサウナの壁にもたれ、汗と一緒にデレク・アレンに対するあいまいな気持ちも追いだそうとしていた。

どうして今夜のことがこんなに気になるんだろう？　なにが怖いの？　ここに来た目的が、かなえられるというのに。悲しみをふり払い、離婚を乗りこえたことを祝い、再び生まれ変わる……。

確かに、デレクのさっきの行動は奇妙だが、完璧《かんぺき》な人間などいない。彼はハンサムで男らしく、どういうわけかわたしを魅力的だと思っている。彼の欲望は、はっきり感じとれた。彼のキスで、そして彼の……。

そう、彼は男だ。そして、わたしは彼を求めているんだ。

だったら、なぜためらうの？　なぜ警戒するの？

だって、彼のことをなにも知らないもの。

でも、必要なことはすべて知ってるんじゃないの？　どうせゆきずりの仲なのよ。細かいことなんて、知らないほうがいいのよ。しばらく一緒に楽しく過ごして、ほろ苦い別れがあって、もう二度と会うこともない。それだけのことじゃない。違う？

どうして、そんなふうに簡単に考えられないのだろう？

それは人生が、そう単純なものではないからだった。


「わたくしどものほうでは、けっして――」

「チェック・インのときに」デレクは断固とした口調で言った。「誰が訪ねてきても、ぼくの名前は絶対明かさないようにと頼んだじゃないか。きみたちには、もう二度も裏切られた」デレクはリゾートの総支配人を容赦なく攻撃した。

「当地でいやな思いをなさったことにつきましては、誠にお気の毒ですが、わたくしどもの従業員の口から、お客さまの名前がもれることは、絶対にないと確信しております。お客さまのプライバシーを侵害した男というのは、リゾートの外部の者から情報を得たのではないでしょうか」

「確かに、その可能性はあるな」スペック・ダニエルズのことだ、どんな手だって使うだろう。「くりかえし言っておくが、ぼくがここに滞在していることは、内密にしてくれたまえ」

「承知いたしました。なにかわたくしどものほうで――」

「ああ、頼みがある。じつは今夜、バンガローに夕食を運んでもらいたいんだ。日没前にね。そしてあすの朝食時間まで、起こさないでもらいたい」

「かしこまりました。夕食はおひとりぶん――」

「いや、ふたりぶんだ」

一瞬の沈黙ののち、総支配人は咳《せき》ばらいをして言った。「かしこまりました。今夜のメニューは――」

「いや、もう考えてある」デレクは自分の作ったリストを総支配人に渡した。「いいかな？」

「はい、承知いたしました。ほかになにか――」

「まだいろいろあるんだ。メモを取ってもらいたい。なにもかもぼくの言うとおりにしてほしいんだ。なにもかも完璧にね」

「こんにちは」

サウナのドアが開き、カレンと同じ年格好の女性が入ってきた。カレンは、話し相手ができて喜ぶどころではなく、むしろ、心配事で頭がいっぱいだ。それでもにっこりして、挨拶《あいさつ》を返した。「こんにちは」

「うーっ、ビーチの暑さだけじゃ足りないなんて」その女性はタオルで顔をぬぐいながら言った。「いったいわたしは、こんなところでなにをしてるのかしら。まあいいわ。とにかく汗を出して、体重を落とさなきゃ。ここに着いて以来、食べどおしだもの。ここはダイエットをする者には地獄だわ。それとも天国かしら」

「あなたはダイエットが必要なようには見えないけど」カレンが言った。

「ありがとう。でもスリムでいなきゃいけないっていうのは、もう国民的な強迫観念でしょ」彼女はため息をついた。「ほかの女がみんなぶくぶくに太っちゃえば、わたしも安心して仲間に入るのに」カレンも彼女も声をあげて笑った。彼女がじっとカレンの顔を見つめる。「ねえ、あなた、きのうの夜すごいハンサムと一緒に食事してた人じゃない？」

サウナの熱気でまっ赤になっていなければ、カレンは喜びに頬を染めていただろう。

「ええ」もうすぐそのすごいハンサムに愛されるのだと思うと、体が震える。「彼って素敵でしょ？」

相手の女性は天をあおいで目を見開いた。「飛びつきたいほどね。あの髪！　それにあの目。もちろんわたしはサムを愛してるけど」

「一緒に来てるの？」

「ええ。ふたりで気晴らしに」

「どこから来たの？」カレンはこの一年、ほかの女性と男性の話をしたことなどなかった。こういう、いかにも〝女同士のおしゃべり〟といった会話も、なかなか楽しいものだ。

「シンシナティよ。ここっていいところだと思わない？　ジャマイカに着いたとたん、サムったら野良猫みたいに興奮しちゃって」彼女はくすくす笑った。「大歓迎だけど」

カレンは微笑んだ。「結婚して何年目？」

その若い女性はどっと笑った。「結婚なんてしてないわ」

「まあ、ごめんなさい」カレンの声が小さくなる。「わたし、てっきり……」

「わたしは結婚してないけど、サムはしてるの。こんなところ奥さんに見つかったら、わたし、きっと殺されちゃうわ。いやな女なの。彼女のおかげで、サムの人生は地獄よ」

彼女の話は続いたが、カレンはもう聞いていなかった。どうせ男の妻の悪口に決まってる。

カレンは奥さんのほうに同情していた。ウェイドのガールフレンドも、わたしのことをこんなふうに言っていたのだろうか。そして、彼も？　出張というのは全部、ガールフレンドとの旅行だったの？

カレンはサウナを出ると足早にバンガローに向かった。いまになって、どうして机の引き出しに、リゾートのパンフレットが入っていたのかわかった。ある日、カレンはそれをウェイドのコートのポケットに見つけ、彼が休暇を取ってくれるのだと思ったのだ。ウェイドをからかうと、秘密にしておいて驚かすつもりだったと言った。

ふたりは結局、そんな休暇は取らなかった。カレンがパンフレットを見つけた一週間後には、ウェイドは彼女の人生から姿を消していた。それっきり、パンフレットのことなど忘れていた。ラリーに休暇を取ることを強要されるまでは。いまにして思えば、ウェイドはガールフレンドのためにパンフレットを集めたにちがいない。

わたしだけが世間と違うのだろうか。結婚なんて単なるジョークで、そのおちを知らないのはわたしだけなのだろうか。

人々はゲームに興じ、役を演じる。関係はつかのま、性欲を満たすためだけのもの。リゾートには妻ではなく愛人を連れてくるという、暗黙の協定でもあるのだろうか。そして、独り者がここに来る目的はただひとつ……。

足元がふらついた。

わたしだって同じじゃないの。情事を求めてやってきた。自己嫌悪が胸をついた。ここはわたしの来るようなところじゃない。わたしにはゲームなんてできない。なにを血迷ったのだろう。

ベッドでのゲームなんてわたしには無理だ。この二日ほど、愚かにも自分がある男の興味を引きつけていると思いこんでいた。だが、ほどほどにハンサムで知的でセクシーな、ウェイド・ブラックモアのような男にさえ逃げられたわたしに、デレク・アレンを誘惑することなど、できるはずもない。

サウナで会ったあの女性は、ウェイドのガールフレンドの代役のようなものだった。いったん癒《い》えたと思った傷が再びぱっくりと口を開き、取り戻したはずのプライドが、また粉々に砕けてしまった。

バンガローに着くとすぐ、カレンは新しいドレスをクローゼットにしまいこみ、そのドアに鍵《かぎ》をかけた。今夜、デレクのところに行くつもりはない。ばかなまねはよそう。あすになったら、ワシントンに帰るのだ。

シャワーを浴び、着古したサンドレスを着てベッドに横になった。しばらくすると電話が鳴ったがほうっておいた。電話は五分おきに鳴った。カレンはなにも考えず、じっと天井を見つめていた。

テラスの錠をがちゃがちゃ鳴らす音がする。彼女はベッドから上体を起こした。薄いカーテン越しに、デレク・アレンが見えた。

「帰って!」カレンは叫んだ。

「どうしたんだ? なぜ暗がりに寝てるんだ?」

「なんでもないわ。ひとりになりたいだけ」

「なぜ電話に出なかった？」

「どうしてあきらめて、電話するのをやめなかったの？」

デレクは腹を立て、部屋にずかずかと入ってきた。カレンのぐあいが悪いのではないかと心配して、駆けつけたのだ。ただすねているだけだとわかると、ほっとすると同時に怒りがこみあげてきた。「わけを話してもらいたいな」

「あなたのところには行かないわ」

「そうだろうよ」デレクはベッドに片膝をつき、身をのりだした。「ぼくはきみを招待し、きみはそれをOKした。それをすっぽかしておいて、釈明の電話も入れないなんて、ずいぶん失礼じゃないか」

「ごめんなさい」カレンは顔をそむけた。「電話すべきだったんでしょうけど、あなたと言い争いたくなかったの。こちらの気持ちを察して、あきらめてくれると思ったのよ」

デレクは冷たく笑った。「言ったはずだ。ぼくからは逃げられないって」彼はカレンをつかまえようとしたが、彼女は身をかわした。

「ひとりにして、デレク。あなたと食事したくないの。誰ともなにもしたくないわ。出ていかないなら、支配人を呼ぶわよ」

デレクは再び笑った。「あまり頼りにならない助《すけ》っ人《と》だね。彼はぼくが輪を差しだせば、喜んでそこをくぐるよ」

「あなたがわたしに求めてるのも同じことね」カレンはぴしゃりと言いかえした。

彼の唇に官能的な微笑みが浮かぶ。「抵抗したければしろよ、カレン。きみが暴れたほうが、ぼくは興奮するから」やすやすと彼女を抱えあげ、カーテンをかきわけて、デレクは闇《やみ》の中へと飛びだした。

5

カレンは怒りに身をかたくしたが、そうしたところでなんにもならなかった。彼女の突き刺すような視線を平然と無視して、デレクは足早に歩いていく。

ふん、わたしがはなしてくれって泣きわめくと思ってるなら、大間違いよ。デレクのバンガローに着いて、わたしを下ろしたら、じゃあって言って、さっさと帰ってやるわ。デレクに少しでも怒っているとか怖がっているとか思われたくなかった。この男女同権の世の中に、力ずくで女を自分のねぐらにさらっていく男がいるなんて、まったく驚きとしか言いようがない。

デレク・アレンの振舞いには、いつもどこか野性的なところがあった。社会の常識は彼には通用しない。無理やりその枠に押しこめようとすれば、彼はいっそう反抗するだろう。

「さあ、着いた」テラスのドアを抜けながら、ぶっきらぼうに言った。ここまでカレンを運んできたのに、息も乱れていない。

彼の部屋になど注意を払うまいと決めていたのに、一歩入るなりカレンは驚いて息をのんだ。

部屋の内装は一変していた。家具類は隅に片づけられ、純白のサテンのシーツにおおわれたマットレスが、床の中央に置かれている。その裾《すそ》の部分にはやはり純白のふかふかした羊皮がかかっており、反対側には色、素材、形ともさまざまのクッションが山積みになっていた。

ベッドには古風な蚊帳がかかっていた。天井のところでひとつに結ばれ、床までゆったりと広がっている蚊帳は、まるでベッドを包むテントのようだ。

部屋中いたるところにろうそくがともされ、さまざまな花の香りが漂っている。蚊帳のそばには、こぶりなワゴンがあり、銀の食器からおいしそうな匂《にお》いが立ちのぼっていた。ダイヤモンドのようにきらめく銀のワイン・クーラーには、冷えた白ワインが一本。花びんに美しく生けた花もあれば、床に無造作にばらまいた花もある。そしてどこからともなく流れてくる甘い調べ。

デレクにどすんとベッドに落とされてもまだ、カレンはこのエキゾティックでエロティックな光景に圧倒されていた。

彼を見上げてはじめて、われに返った。デレクは仁王立ちになり、腕を腰にあてて、奴隷を見下す主人のような目でカレンを見ていた。ろうそくの炎がその威圧的な影を壁に映しだす。

豊かな茶色の髪に走る金髪の縞《しま》がきらめき、瞳も燃えている。日に焼けた肌は部屋の闇《やみ》に溶けこんでいた。白いシャツの袖《そで》をまくりあげ、胸元は腰のあたりまではだけている。広い筋肉質の胸と官能的な胸毛が目に入った。黒いズボンは……見てはだめ、カレンは自分に言いきかせた。

それでもやはり、見てしまった。

彼は欲望に燃えている。危険だ。カレンの鼓動が高まった。

「ぼくは待っているんだ」デレクは唇をきりっと結んだ。

カレンは膝を曲げ、腕を後ろにまっすぐに伸ばして体を支えていた。デレクがぐっとにじりよってきた。威圧的な彼の視線を受けとめるには、顔をのけぞらせなくてはならなかった。彼女の髪が背中で揺れる。

「なにを待ってるの？　わたしがあなたに夢中になるのを？」

「どうして気が変わったのか、話してくれるのをさ。なぜ、暗がりに隠れてたんだ？」彼はあごで彼女のバンガローのほうを示した。

「隠れてなんかいないわ」

「へえ。でもそれなら、電話に出て、きちんと断るはずだろう。カレン、いったいなにがあったんだ？　昼間とはまるで態度が違うじゃないか」

カレンはいつのまにか、いらだたしげに唇をなめている自分に気づいて、うんざりした。

デレクは気づいただろう。彼の目はなにひとつ見落としはしない。彼女は冷静を装い、さっと髪をひと振りした。「バイクで死にそうになったあとだから、混乱してたのよ。それでつい、今夜ここに来るのをOKしてしまったの。なにを言われても〝うん〟て言いそうな状態だったわ」

デレクの口元がゆがんだ。彼はカレンがじりじりするほど長いまを置いてから、やっと口を開いた。「二度とぼくをだまそうとしないことだ。きみは恐ろしく嘘《うそ》がへただ。さあ、もう一度聞く。いったいどういうわけなんだ?」

「来たくなかったのよ!」

デレクはふいにカレンの前にひざまずき、彼女の肩をつかんだ。「そんなのは嘘だ。ぼくらはお互いに、最初からひかれていた。きみがぼくを求めてないなんて言わせやしない。そんなこと信じるもんか」彼の両手がやさしく彼女のうなじへとすべった。「カレン、どうして突然変わってしまったんだい?」

カレンの抵抗もここまでだった。やさしい問いかけ、官能的な指先、うるんだ瞳に、彼女の防御の壁はくずれ落ちた。もはや自分を偽ることはできない。「怖かったの」カレンは視線を落とした。

「ぼくが?」デレクは信じられないといった口調で問いかえした。

彼女は首を振った。「いいえ、自分が。こういう類《たぐ》いのことは得意じゃないって言ったでしょ」

一瞬の沈黙ののち、彼はやさしく言った。「それを判断するのは、ぼくのほうじゃだめかい？」そっとカレンの髪を撫《な》でる。

彼女はさっと顔をあげた。「同情なんてよして」

デレクの動きは稲妻のようだった。カレンの頭をつかむと一瞬にして唇を奪い、激しくむさぼってからいきなり突きはなした。「これが同情だと思うのか？　なぜそんなに自分を卑下するんだ」

「卑下とは少し違うわ」

「じゃあ、なんなんだ」

「気おくれするの。わたしには、そういうことは不似合いなのよ」

「誰がそんなこと言ったんだ？」

「別れた夫よ」カレンは腹立たしげに答えた。

「自分の妻をそんなふうに侮辱したの？」

「それに近いことをね」

「ぼくには理解できないよ」

「でしょうね」

「説明してほしい」

「いやよ」

「どうして?」

「みじめでつまらない話だから」

「いいさ、夜は長いんだ」

「ねえ、なにかほかにもっと――」

「だめだ! さあ、言うんだ!」彼の叫び声は、まるで獲物を取りあげられた虎《とら》のようだった。

「わかったわ! それで少しでも早くここを出ていけるんなら、話すわよ」カレンはデレクを押しのけ、インディアンのように足を組んだ。「結婚七年目だったわ。幸せな夫婦だと思ってたの。確かに新婚当時のようなときめきはなくなっていたけど、そんなのあたりまえでしょ。どんなことでも、時がたてば新鮮さを失って惰性になるわ」

「なんのこと? セックスかい? セックスが惰性になってしまったのかい?」

そんなこと大きなお世話だと言いかえしてやりたかったが、カレンはデレクの真剣な表情を見て、闘争的な気持ちがなくなった。

ひょっとしたら、なにもかも打ち明けたほうがいいのかもしれない。ウェイドが去って以来、カレンは他人と心を割って話したことがなかった。クリスティンを巻きこむのはいやだったし、彼女はこんな悩みの相談相手には若すぎる。友人たちの多くはつらい離婚経験を自力で乗りこえているだけに、たいして同情してくれそうにない。かといって、幸せな結婚生活を送っている数少ない友だちに、カレンのみじめな思いが理解できるとも思えなかった。

　カレンは静かに言った。「それもあるけど、それだけじゃないわ。彼がだんだん遠い存在になっていったの。あまり話さなくなって。無理に話しかけると、仕事で悩みがあるからってはねつけられて」

「それで？」

「よくある話よ。ある晩夕食がすむと、彼が離婚したいって言いだしたの」

「ちゃんとした理由もなしに？」

　カレンはうつろに笑った。「大ありよ。理由はね、ほかの女。夫はほかに女ができて、わたしを捨てたの。これですべてよ。おしまい」

「それできみは、自分には性的な魅力がないと決めつけてるの？」

「ないでしょ？」

「あるさ」

「でも、わたしにはそうは思えないの。単にセックスのことだけじゃないわ。もっとトータルな意味で、根本的に自信がないのよ」

「そのばかをいまでも愛してるの？」

ふたりの視線が重なった。「いいえ」そして思いもかけない言葉が自分の口からもれた。

「彼を愛したことがあったとも思わないわ」

「じゃあ、どうして彼と結婚したの？」

「結婚が与えてくれる堅実さにあこがれていたのよ。安心感にね。わたしの父は、クリスティンがまだ赤ん坊のころに亡くなって、母が女手ひとつでわたしたちを育ててくれたの。母の苦労や孤独をずっと見てきたわ。ウェイドと結婚したのは、彼がわたしにプロポーズしてくれた最初の男だったからだと思うの。ほかにはもう、そんな人は現れないかもしれないと思ったのね。お互いにひかれていたし。彼は前途有望な青年だった。アメリカン・ドリームと恋に落ちたの」

「相手の男ではなく？」

「ふりかえってみると、そうね。ほんとうに彼を愛していたとは思えないわ」

カレンは一年余り背負ってきた重荷が、肩から下りるのを感じた。離婚の責任が全部ウェイドにあるわけではない。自分の側の非も見つけることができて、ほっとした気分だった。そのことに思いあたって、解放されたのだ。

「ねえ、夫のことをばかって言ったのはなぜ？」

デレクは彼女の頬に触れた。「女は絶対ほめ言葉を聞きのがさないね」

「ばかはわたしのほうかもしれないわ」

「ウェイドの罪を自分のせいにしちゃだめだよ」デレクは真剣だった。「きみは結婚生活を維持する努力をしたのに、彼はしなかった。ほかの女に走ってきみを侮辱した。きみは深く傷ついた」

デレクはカレンの頬を撫でた。

「今夜ぼくが、きみの心の傷を癒《いや》してあげよう。きみがどんなに魅力的でセクシーか証明してみせるよ。ぼくの愛で、そのばかな男の存在を、きみの心から消してしまうんだ」

彼は唇を重ね、やさしく吸った。さっきの荒々しさとはうって変わり、清らかで甘いキスだった。

長い長いキスが終わると、カレンは深いため息をついた。心がずっとなごんでいる。

「ワインはどう？」彼女の髪をいじりながらデレクが言った。

「いただくわ」

彼は蚊帳をめくり、ワイン・クーラーに手を伸ばした。白いリネンに包んだワインをベッドに持ってきて、器用にコルクを抜く。二つのゴブレットを黄金色に輝くワインで満たし、一方をカレンに手渡した。

「きみの唇はどんなワインより美味だ」

ふたりはグラスを鳴らして乾杯した。そしてまたキス。デレクの唇と舌が、ワインでひんやりしている。カレンの瞳に炎がともった。

「部屋全体が素敵な舞台装置のようね」彼女はあたりを見渡して言った。「あなたって、すごく想像力が豊かなのね」

デレクは笑った。「映画監督になればよかったかな」

「それとも俳優とか」

「それは絶対だめだ」彼は手を振った。

ワインがひと口ごとにカレンに自信を与えてくれる。

「なぜ?」彼女はからかい半分にたずねた。

「写真を撮られるのが好きじゃないから」そのぶっきらぼうな口調に、会話が一瞬とぎれた。

デレクがとりつくろうように、おなかはすいてないかとたずねた。「そうね、すいてるみたい。さっきホテルのヘルス・クラブに行って――」

熱いキスに言葉がさえぎられる。カレンの口の中をゆっくりさまよってから、デレクの舌は彼女の下唇をなぞった。「それで?」

「忘れちゃったわ」再びふたりの唇が重なった。

「ぼくの注文したディナーが気に入るといいけど」デレクはワゴンの料理の重い銀のふたを取った。

「まあ、いい匂い」

彼は一枚の大皿に料理を取りわけた。「脚を前に伸ばして」カレンが言われたようにすると、彼はその膝の上に大皿を置いた。カレンと向きあい腰を触れあわせて、彼も同じように脚を投げだして座る。

「ジャーク・チキン。これはマリネにした鶏肉《とりにく》をゆっくり炭火で焼いたものなんだ。代表的なジャマイカ料理だよ。こっちはスタンプ・アンド・ゴーといって、やはり有名だ」

「変わった名前ね」

デレクがうなずく。「つぶした鱈《たら》にスパイスを混ぜて丸めて、粉をまぶして揚げるんだ」

そのほかにもパパイヤとパイナップル、それに野菜サラダが添えられている。

カレンは食欲がわいてきた。「ナイフやフォークは？」

デレクがじっと彼女を見つめる。「そんなものいらないよ。手づかみで食べる料理ばかり選んだんだ。ぼくが食べさせてあげるよ」

奇妙な感覚がカレンの全身を貫いた。こんなエロティックな食事ははじめてだ。だがそれにもましてセクシーなのは、デレクのささやき方そのものだった。

彼はチキンの胸肉をひとつ手に取ると、カレンに差しだす。魅せられたように、彼女は口を開き、ひと口かじった。彼の目をじっと見つめながら、ゆっくりと噛《か》みしめる。

「どう？　おいしい？」

「ええ。とっても」

「ぼくにも食べさせてくれる？」

一瞬ためらったが、カレンはデレクの口元にチキンを差しだした。彼もまた、彼女から目をそらさずに、チキンをたいらげた。

そんなふうにして、ふたりは口もきかずにゆっくりと料理を味わった。まるで不思議な夢でも見ているようだが、こんな夢なら永遠に覚めないでほしい。カレンは東洋のおとぎ話のヒロインになったような気分だった。そしてデレクは、ハンサムでセクシーで大胆不敵なヒーロー。

彼は片手でカレンのうなじの髪をかきあげ、鎖骨の上のくぼみにキスする。彼女は頭をのけぞらせた。肌にかかる彼の息が熱い。濡《ぬ》れた舌が蛇のように這《は》う。唇がうなじを上下する。デレクがなにかつぶやく。だがカレンにはわからない言葉だ。しかしそんなことはどうでもよかった。彼の言いたいことはわかっていたから。

デレクが体を起こし、ふたりはワインで喉をうるおした。カレンにパイナップルを食べさせ、唇をナプキンでぬぐってやると、彼は彼女を見つめた。「きみは美しいよ、カレン。もっときみが見たい」

サンドレスのボタンをはずしはじめた。ああ、わたしったら、こんな着古したドレスで。シャワーのあと、ただ着心地がよくて楽だから、このドレスを選んだのだった。

「今夜は新しいドレスを着てくるつもりだったのよ」申しわけなさそうに言った。

「それはまた今度」

じっと彼女の瞳を見つめたまま、デレクはウエストのあたりまで、ドレスのボタンをはずしていった。胸の前を左右に開いてはじめて、視線を落とす。カレンの乳房に釘《くぎ》づけになった瞳が、じりじりと燃えあがる。彼は人差し指でそっと、片方の乳房のふちをなぞった。

「なんて柔らかなんだ」片手で乳房を包み、親指で乳首に円を描く。カレンのまぶたが下りてきた。「だめだ。ぼくを見て」

カレンは目を開いた。日に焼けたほっそり長いデレクの指が、彼女の肌の美しさをいっそう引き立てている。彼はカレンに微笑《ほほえ》みかけた。

「きみは素敵だ」

ふたりは一時間ほどで、食事をすませた。そしてそのあいだにも、デレクのキスや愛撫《あいぶ》がカレンを襲い、彼女の欲望をしだいにかきたてていく。

デザートは砂糖とシナモンをまぶしたバナナだった。まっ白になったカレンの口元を見て、デレクは声をあげて笑い、指先できれいにぬぐうと彼女の口元にその指を突きだした。

「きれいにして」

その甘くせかすような口調はセクシーだった。ためらいもせず、カレンは彼の指についた砂糖をなめた。デレクが指を唇のあいだに差しいれると指を吸い、舌をからめた。

デレクの息が荒くなり、瞳がトパーズのように輝く。「きみの口がぼくに悦《よろこ》びを与えてくれることはわかっていた」彼はくぐもった声で言った。

さっと料理をどかし、カレンを横たえる。彼女は大きく腕を広げ、全身でデレクの重みを受けとめた。

カレンは彼とひとつになり、彼の肉体と溶けあいたかった。指をデレクの髪にからめ、その縞模様の神秘を解くように、一筋一筋を指先で確かめる。

でも、まだだ。いまは彼を味わい、彼の舌が口の中を這うのを感じていたい。デレクは彼女の求めるものを与えてくれたが、まだ十分ではない。欲望にさいなまれ、カレンは身もだえした。

デレクが身を起こす。「あせらないで。夜は長い」カレンは自分の姿に頬を染めた。ドレスはしどけなくはだけ、乳房がむきだしだ。裾は腿までまくれあがり、パンティのレースがのぞいている。髪もくしゃくしゃだった。

彼女は座りなおし、ドレスをかきあわせ、裾を下ろした。髪の乱れも手でさっとなおした。

「きみを見てると楽しいよ。大胆に乱れるかと思えば、人魚のように恥ずかしがり屋になる。きみのいろんな面を知っていけるのがうれしい」

デレクは手際よく料理の皿を片づけ、ワゴンを部屋の隅に押しやった。

「音楽は好き?」

「ええ」

「気にいらなかったら、すぐ言ってくれなきゃだめだよ」デレクが言っているのは音楽のことだけではない。それがわかっていて、カレンはうなずいた。彼は戻ってくると靴を脱ぎ、カレンの手を取って立ちあがらせた。

デレクはゆっくりとキスを楽しんだ。やがて彼女は、カレンの肩にそっと手を置いているだけなのに、体はぴったりと重なっている。やがて彼女は、ドレスが下ろされてゆくのを感じた。ウエストから腰、脚をつたいマットレスの上に落ちる。カレンが身につけているのは、もはや最後の一枚だけだ。

ほんとうなら恥ずかしくなるところだが、称賛の目で見られると恥ずかしさはなかった。彼は両手でふたつの乳房を包み、愛撫する。おもちゃのようにカレンをもてあそび、喜びに瞳を輝かせた。

やがて彼は身をかがめて乳房を口にふくんだ。カレンは思わずよろめき、彼の頭をつかんだ。「デレク」

「ああ、カレン、愛してる」

彼女はデレクの愛撫にわれを忘れた。ロマンティックなまでにやさしく、奔放でみだらな彼の舌は、欲望をかりたて、ふたつの乳房を悦びで満たした。やがて手がパンティに伸びた。カレンの足元までゆっくりとパンティを下げていった。

彼は立ちあがり、突き刺すような視線でカレンの全身をむさぼった。彼女のエロティックな曲線が彼を手招きする。

彼は乳房を見つめて微笑んだ。やがて視線が下がり、欲情に表情がかたくなる。カレンの腿のあいだの繁《しげ》みにデレクの手が伸び、指先で愛撫する。

カレンは息をのんだ。

彼はひざまずき、両手を彼女のヒップにまわして自分の顔に押しつけると、柔らかな繁みに熱く甘いキスをした。カレンの頭の中でロケット弾が炸裂《さくれつ》する。こんなめくるめく愛撫を受けるのははじめてだ。

彼女はすすり泣いた。さっとデレクが立ちあがり、やさしく彼女を抱き締めた。「よし、よし。こんなふうにされるのはいやかい?」

「違う、違うの」カレンがあえぎながら言う。「ただ……ああ、デレク、抱いて!」

彼は長いあいだ、やさしくカレンを揺り動かしていたが、彼女の震えが収まると体をはなした。「ぼくは着こみすぎだと思わない? 脱がしてくれる?」

カレンはとまどって目を見開き、視線を落とした。「いいわ。あなたが望むなら」

「きみにも望んでほしいな」

震える指で、カレンはズボンからシャツの裾を引っぱりだし、残りのボタンをはずして両肩からシャツを引きおろす。デレクは腕を広げ、シャツをマットレスの上に落とした。

彼女はズボンのファスナーへと手を伸ばしたが、すぐひっこめた。もう一度。やはり勇気が出ない。

「ごめんなさい」カレンはつぶやいた。

「いいんだよ。自分でやる」デレクはすばやくズボンを脱ぎ捨てた。彼がブリーフに手をかけると、カレンは身をかたくして、彼の胸のあたりをじっと見つめた。

デレクは黙ってふたりが脱ぎ捨てた衣類を集めると、蚊帳の外の椅子に運び、ひとつひとつを丁寧にたたんでいった。カレンははじめ驚いていたが、そんなしぐさですら彼がすこぶる男らしく見えることのほうがさらに大きな驚きだった。

デレクは男性美の象徴のようだ。全身が美しい筋肉に包まれ、ほっそりとしなやかだが、力強い。日に焼けた肌を金色の体毛がおおい、股間のあたりで豊かに色合いを深めている。

「あなたは美しいわ」

裸になったデレクはいっそう強烈な野性味を発散させていた。カレンの胸が欲望に高鳴る。

彼はサテンのベッドに戻る途中、テーブルの前で立ち止まり、真鍮《しんちゅう》の小さなトレーを手に取った。そこには金色の液体の入ったガラスびんが並んでいる。

「横になって」カレンは枕《まくら》の山に身を沈めた。「うつ伏せになって」彼女は言われたとおりにした。デレクはカレンの横にひざまずき、そっとトレーを下ろした。「リラックスして」そうささやきながら、肩から膝のうしろをさっと撫でる。温かい手が心地いい。カレンは手の甲に頬をのせ、目を閉じた。

「マッサージしてくれるの?」あくびをしながらたずねる。

デレクはぴしゃりとカレンのお尻をたたいた。「眠っちゃだめだぞ」

眠るどころではない。カレンはぎょっとした。デレクが彼女の脚を開いたのだ。股間にひざまずく彼の脚が、カレンの内腿に触れる。彼は彼女の髪をかきあげ、うなじが彼の指先と熱い吐息を敏感に感じるようにした。

一本のびんを手に取り、デレクは中の液を手のひらに注いだ。ぷんと鼻をつくエキゾティックな花の香り。カーネーションほどデリケートではないが、くちなしほど強烈でもない。

「ああ、素敵」

「オイル? それともぼくの手?」

「両方よ」

彼はカレンの肩から腕へと丁寧に筋肉をもみほぐしていった。指の一本一本まで握り締め、オイルをすりこむ。

マッサージは背骨から背中全体へと広がり、カレンの緊張を解いていく。やがて彼の手がヒップに達すると、彼女の体は快感にのけぞった。指先がときおりヒップのカーブの奥へとすべる。腿のマッサージの最中、デレクはついに自分を抑えきれなくなった。

マッサージの体裁をかなぐり捨て、両手がカレンの全身を狂ったようにまさぐる。彼女の泉はあふれ、デレクを求めてうずく。カレンは腰を振ってもだえた。彼は彼女の上にのしかかるとうなじを噛みながら、両手を押しこんで乳房をもみしだく。

「かわいくてたまらないよ。素敵だ。きみをぼくの下に感じているのは最高だ」

デレクは全身をカレンの背中に刻みつけた。重く熱く彼女をシーツに押さえこむ。

デレクがカレンを半転させる。焼けつくようなキス。舌がカレンの口の中でのたうつ。

彼は彼女の脚を開き、そのあいだに両膝を押しこんだ。

恥ずかしさに、カレンは顔を枕に埋《うず》めた。「だめだ」デレクがあえいだ。「きみの顔が見たい」そう言うとカレンにのしかかった。

彼は情熱に激しく脈打つ男性を、カレンの花びらの中心へと導いた。それが彼女に触れる。カレンはデレクの名を叫び、胸に爪を立て、下唇を噛んだ。「あなたがほしい、デレク」

「カレン、ああ、愛してる」デレクは花弁の中に押しいった。「ぼくをきみの中へ埋めてくれ。深く、もっと深く」

カレンの肉体がデレクを彼女の深淵《しんえん》へと誘いこみ、ふたりがひとつになる。デレクは激しい快感に顔をゆがめながら、くりかえしくりかえし、彼女を突く。彼がつぶやく言葉がカレンにはわからなかったが、それらは直接彼女の魂に語りかけた。

カレンが激しくおののきはじめると、デレクは彼女の乳房を胸で押さえ、首筋に顔を埋めて情熱をほとばしらせた。ふたりは一体となり、小さな死とも言える官能の奈落《ならく》へ堕《お》ちていった。

6

あくびをしながら、カレンはゆっくりと目を開けた。昨夜の出来事は夢だったのだろうか。蚊帳に射《さ》しこむにぶい日射しに、周囲がぼんやりかすんで見える。燃えつきたろうそくの、色とりどりのろうのあと。花びんの花はまだ生き生きしているが、床にまいた花は花弁を丸め、ぐったりとしている。それでも香りだけは豊潤だ。銀器をのせたワゴンは壁際にあった。ワイン・クーラーの氷は溶けている。

カレンは全裸で、もの憂げにサテンのシーツに寝そべっていた。足の指に羊皮の毛足がからみついている。彼女はひとりだった。

かたわらのサテンの枕《まくら》には、まだデレクの匂《にお》いが残っている。シーツにも彼のあとが残っていた。

そうでなければ、カレンにはまだきのうのことが夢に思えたかもしれない。現実なのだ。彼は彼女の体と魂に、その存在を刻みつけた。たった一夜で、七年間結婚生活を送った男よりも深く、カレンはデレクを知ったのだ。

満たされた女の幸福な微笑《ほほえ》みを浮かべ、彼女はテラスに向かった。波間にデレクの姿がすぐ見つかった。やさしくカレンを抱き締めた腕で、力強く水をかき、ぐんぐん遠ざかっていく。

そして、一度水中にもぐったかと思うと、方向を変え、水に濡《ぬ》れた髪をぶるんとひと振りして岸をめざした。ひと晩中カレンとからみあっていた脚が水を蹴《け》って進む。

水からあがったデレクは、まるで海神のようだった。水滴がその全身を滝のように流れる。

彼は裸だ。

カレンはそっと笑った。男であれ女であれ、裸がこんなに似合う人がほかにいるだろうか。ウェイドは特別恥ずかしがり屋というわけでもなかったが、ベッドとバスルーム以外で裸でいたことはない。けっして全裸で歩きまわったりはしなかった。一方デレクはなにものにも拘束されない。一糸まとわぬ姿でもいつも平然としている。

濡れた体が太陽にきらめく。彼の無駄のない動きは、大きな猫のようだ。しなやかな筋肉が躍動する。

この男がきのうの夜、カレンに新しい愛の言葉を教えたのだ。デレク・アレンのベッドで眠る前には経験したこともない、あふれるような思いに満たされて、彼女は今朝の目覚めを迎えた。デレクは彼女の潜在的な感覚を引きだし、新たな体験をさせてくれたのだ。

彼のささやきは扇情的で、行動はエロティックだった。カレンは理性の殻を破って反応した。

彼女はほてった頬を両手でおおった。あの感じやすい女はほんとうにわたしだったのだろうか。あんなに大胆に愛を交わしたあの女は……。

だが少しも恥ずかしくはない。悦楽の極致をたんのうしたが、それはけっして堕落した行為ではなかった。ひたすら甘く美しく、むしろ神聖と呼びたいほどの感動だった。

ひかえめなノックが響いた。カレンはビーチに目をやった。デレクはタオルで背中をふいている。彼女はあわてて服を着た。

「どなた?」ドア越しにたずねる。

「朝食をお持ちしました」

ドアを開けると、ふたりのボーイがワゴンを押して入ってきた。彼らの態度はまるでホテル従業員の正しい接客法の手本だった。

どぎまぎしているカレンに挨拶《あいさつ》だけはきちんとすませ、あとはそ知らぬ顔で仕事に専念する。コーヒー・ウォーマーに火をつけ、冷やしたグラスにジュースを注《つ》ぎ、昨夜のディナーのワゴンを片づけた。乱れたベッドには、目をやろうともしない。

彼らがさがろうとしているところへ、デレクが戻ってきた。腰にタオルを巻いている。カレンはほっとした。まっすぐ彼女のところにやって来ると、彼は彼女の手をぎゅっと握り締めてから、朝食のテーブルに目をやった。ボーイたちに満足げにうなずき、彼らを送りだす。

「おはよう」ドアが閉まると、カレンのほうに向きなおった。その目に欲望の色が宿っている。

「おはよう」

「いつ起きたの？」

「ほんの少し前よ」

「ひとりで目覚めてほしくなかったのに」

「いいのよ。あなたが泳ぐのを見てたの。朝食、おいしそうね」

デレクは無造作に床にタオルを落とした。「きみはもっとおいしそうだ」あっというまにカレンのそばに歩みよる。

彼は彼女の首に両腕をまわして手を組み、体を引きよせてその朝最初のキスをした。首を傾け、カレンの口に舌を差しいれる。長く、くらくらするようなキスだった。カレンの体から力が抜けていく。

デレクの手がすべり、ドレスのボタンをはずしていく。カレンを裸にすると、彼女を抱きあげ、きつく抱き締めた。

「水は疲労を回復させるんだ」彼はいたずらっぽく笑った。

「そんなこと、もうわかってるわ」ベッドに運ばれながら、カレンがかすれた声でささやく。彼女が体を横たえるとすぐ、デレクの唇が胸のふくらみを襲った。「朝食は？」ピンクの乳首にからみつく舌に、カレンはあえいだ。

「このあとで」

「そのあとは？」

「またこれさ」

ふたりの体と吐息がひとつに重なった。


気ままな日々が続いた。思いつくままに食べて眠って遊んで愛を交わす。毎日が夢のようだ。シンデレラさながら、週末が来ればカレンは元の暮らしに戻らなくてはならない。デレクとは二度と会うこともないだろう。

だから、この夢が続くあいだは、ヒロインになりきって、思いきりエンジョイしよう。もともとこの旅行の目的はそういうことだったのだから。まさに求めていたものが手に入ったじゃないの。

でも、予想をはるかに超えてはいないだろうか。

デレクほど悦楽的な人間には、いままで出会ったこともない。彼は生活のあらゆる部分を、カレンが思い描いたこともないような官能的な行為にしてしまう。

食べたことのない料理を勧められ、試してみるとすごくおいしかった。強いアルコールは体を芯《しん》から温め、心を解きはなってくれる。素肌に太陽と砂と海を感じるのが大好きになった。熱帯の風に髪をなびかせ、ブーゲンビリアの美しい色彩に目を輝かした。空がこんなに青く見えたことはない。

そして愛の営みでは、デレクが教えるさまざまな愛撫《あいぶ》に、カレンはこれまでの自分が処女同然だったと悟った。愛がこんなにも激しく体と魂を燃焼させるとは、思ってもみなかった。

彼の腕に抱かれ、巧みなキスと甘い抱擁の餌食《えじき》になると、カレンはもう慎みも恥じらいも失ってしまう。ふたりはデレクのバンガローのテラスで、サン・オイルにまみれた体に汗をしたたらせ、愛しあった。バスルームで、ベッドで、ボートで。デレクとのセックスはいつも刺激的で新鮮だった。

どんなときでも、デレクは全神経を集中させ、激しく濃厚な愛の行為をくりひろげる。自分のすべてをカレンに与える。そしてそれは、怖いほどの興奮をもたらした。

「どうして、じっとぼくを見つめるの?」食事はバンガローでとることが多かったが、今夜は音楽とダンスを楽しみたくて、ホテルのビュッフェに来ている。

カレンは先日町で買ったドレスを着ていた。髪はゆったりと結いあげ、鮮やかな黄色のハイビスカスを差している。その女らしい姿は、デレクのたくましさと対照的だ。ワインをすりながら、彼女がセクシーな視線を投げる。

「あら、ごめんなさい」

「べつに怒っちゃいないさ。ただ、ぼくをそんなふうに見つめるとき、その美しい茶色の瞳の奥でなにを考えているのか知りたいんだ。よく、そんな顔をしてるよ」

「そう？」

「ああ」デレクは身をかがめ、テーブル越しにカレンに軽くキスした。「そんなにじっと見つめて、ぼくのなにを見てるのかな？」

「わからないわ。ただ、あなたって……」カレンは笑いながら首を振った。「気にしないで。つまらないことよ」

彼はカレンの手をぎゅっと握った。「いいから、話して」

デレクの親指が手のひらを愛撫するさまを彼女は見つめていた。「あなたは不思議な人ね。ときには、ごくふつうに思えるんだけど」

「ほめてるつもりかい？」彼はからかうような微笑みを浮かべた。

「つまり、あるときはあなたはまったくのアメリカ人だわ。言うこともすることも。ほかの人たちと変わらない。まるでふつうなの」

「そのとおりさ」デレクの口調は真剣だった。

「でも……」カレンは唇を噛《か》んだ。「ときおり、とくに愛しあっているとき、あなたは変わるの」

「そりゃそうさ。人前では自分の体をコントロールしてるもの。でもふたりきりになって、きみが裸になると、ぼくは……」

「肉体的なことじゃないの」カレンはどぎまぎしてあたりを見まわしながら、あわててデレクの言葉をさえぎった。

彼はくすくす笑いながら、カレンの指を撫《な》でた。「じゃあ、どういうこと？」

「別人のようになるわ。あなたの中にふたつの人格があるみたい。ひとりは典型的なアメリカ人だけど、もうひとりは……なんて言うか、まるで違うの。しゃべり方が変わるわ。使う言葉も洗練されていて。わたしにはぜんぜんわからない言葉で話すこともあるし」

デレクは椅子の背によりかかり、ワイン・グラスをいじっていた。単に会話にまをおくだけでなく、話題そのものを変えたがっているようだ。「学生時代、いろんな国の言葉を学んだからね。なにげなく口にすることもあるさ」

もっともらしい言いわけだが、カレンは納得しなかった。彼の緊張した表情にも、疑惑をいっそう深めた。デレクは説明したくないのだ。そして、カレンに無理強いする権利はない。彼女はこんなことを口にしたのを後悔した。

「くだらないことだって言ったでしょ」やさしい微笑みを浮かべる。「あなたはいままで知りあった男の人たちとはまるで違うの。そういう意味だと思って」

デレクはすぐに機嫌をなおし、カレンに身を寄せて目を見つめた。「いままでに何人の恋人がいたんだい、カレン？」

彼女はさっと目を伏せた。「ふたり。夫とあなただけよ。あなたは？」

デレクがどこでどうやって、あの巧みな愛の技を磨いたのかと思うと、驚くほど心が痛んだ。女の奥深く隠された欲望を満たす術《すべ》を学ぶには、どれほど多くの恋人を必要としたのだろうか。

彼はカレンの手を取ってキスした。「たくさんいたよ、カレン」燃えるようなまなざしで彼女を見つめる。「でも、こんな気持ちになったのははじめてだ。きみのような人ははじめてさ」

デレクは自分が本気になっているのに驚いていた。いろんな女に何百回となくささやいた決まり文句なのに。

しかし、カレン・ブラックモアははじめから違っていた。まず内気なところにひかれた。彼女から情熱を引きだせたのはうれしい誤算だったが、激しい女たちと愛しあった経験なら以前にもある。

どうしてカレンだけが特別なのだろう？　なにかが違う。そのわけのわからないなにかに、デレクはひどくおびやかされていた。愛しあうたびに、体液だけでなく自分の魂の一部まで、カレンの中に注ぎこんでいるのだ。ほかの女にこんな思いを感じたことはなかった。

はじめのうちは、そんなことには気づかなかった。ある朝早く、かたわらに眠っているカレンを眺めているとき、彼女への深い愛が静かに全身に満ちてきたのだった。ほんの少し離れているだけでも、会いたくてたまらなくなる。セックスだけではない。彼女のユーモアのセンス、知的な会話、そしてあの、名状しがたいなにかに魅了され、彼女のすべてを求めてしまう。

静かな寝息をたてて上下するその胸元を見つめながら、デレクはこの美しい女から離れるのは、たやすいことではないと悟った。

その思いは抑えようもなく、彼を悩ましつづけた。いまテーブルのろうそくの光に、カレンの美しい肌が輝いている。あの深い瞳の中に身を沈めれば、二度と抜けだせないだろう。

その朝、デレクはカレンを揺り起こし、彼女を愛で満たした。そのとき同様いまも、自分を抑えることはできない。

「踊ろう、カレン。きみを抱きたいんだ」

彼が広げた腕にカレンは身をあずけ、一瞬しがみついた。彼は殻にこもってしまった。やっぱりプライベートな質問は避けるべきなのだ。彼のことをあまり知らないほうがいい。一週間なんてすぐに終わってしまうのだから。

その夜、ふたりは狂ったように激しく愛しあった。まるで残り少ない時間を燃焼しつくすかのように。眠りに落ちてからも、デレクはしっかりとカレンを抱き締めていた。

カレンはあまりよく眠れなかった。目覚めたのは明け方だ。空は淡いラベンダー色。静かに波が打ちよせるだけで、入り江は静寂に包まれている。

いつもどおり、デレクのほうが先に起きていた。だが、今朝にかぎって泳ごうとはせず、浜辺にたたずんで遠くの海を見つめている。

ふいにカレンは彼の体のぬくもりを確かめたくなった。いますぐ触れないと、彼が消えてしまいそうだ。手近にあった昨夜のドレスを急いで身につけると、浜辺に駆けだした。

カレンが跳びつく寸前に、デレクは彼女に気づいた。広げた腕に彼女を抱きとめると、そのまま砂の上に押し倒す。

彼もまた、同じ不安を感じていたのだ。むさぼるように激しいキス。カレンの髪に指をからめ、唇で、舌で彼女を確かめる。

デレクがやっと顔をあげると、ふたりは同時にため息をついた。「こんなに早く、どうして浜に出てきたんだい？」

「毎朝バンガローから、あなたが泳ぐのを眺めてたの。今朝はクローズ・アップで見てみたくなったのよ」もう昔のカレンではない。彼女はデレクの胸毛に指をからめながら、首に鼻をこすりつけた。

「それだけではすまないよ」カレンの姿に、デレクの声がかすれる。急いでいたので、彼女はドレスの下になにもつけていない。

「ほんと?」カレンのまなざしにも声にも、欲望の影がさしていた。

デレクは立ちあがり、彼女を起こすと、手を握ったまま海に向かって走りだした。足元で冷たい水が渦巻くと、カレンは悲鳴をあげた。彼はぐんぐん彼女を引っぱっていく。やがてふくらはぎが、ついには腿までが海につかった。

ふりかえったデレクは、少年のような笑みを浮かべている。「どうしたんだい?」

「冷たいわ」

「ほんと?」カレンの頭をつかんで、水の中に沈める。彼女は咳《せ》きこみながら水面から顔を出した。

「ひどいわ。いったい……」

デレクをつかまえようと手を伸ばすが、彼はさっと身をかわし、頭から水にもぐって、カレンのまわりを鮫《さめ》のようにぐるぐるまわる。デレクが水から飛びだし、歯をむきだしてほえると、カレンもふざけて叫び声をあげた。

彼女はよろめきながら岸をめざすが、ドレスがからみついてうまく進めない。再びデレクが水にもぐり、カレンの足首をつかんで一気に水中に引きこんだ。水から這《は》いあがると、彼女は狂ったように彼に水を浴びせたが、デレクは強引に体を抱きよせて、骨までとろけるようなキスをした。

波に洗われて冷たくなった肌に、彼の唇がとても熱い。カレンをのみつくすような、長い長いキスだった。彼女はのけぞり、デレクのたくましい体にすりよって腕を彼の首にしっかりとからめた。波がふたりの腿に打ちよせ、昇ったばかりの太陽が金色の日射しをふりそそぐ。

デレクはふとキスをやめ、じっとカレンの瞳を見つめながら両手を髪に差しいれた。息が荒い。もう欲望を抑えきれない。

デレクはカレンを両手で抱きあげた。彼の肩に両手をついて、カレンは体を支えた。いったん顔を見上げてから、飢えた視線が下がっていく。濡れたドレスはぴったりと体にはりつき、体のラインがはっきりわかった。ドレスの下に透けて見える体は、裸身よりもいっそうセクシーだ。

乳房の先に突きだした乳首。おへそのくぼみもはっきりとわかる。股間のかげりに目を止めると、デレクはかすかにあえいだ。

「きれいだ、カレン。きみがほしくてたまらない。きみの奥深く埋《うず》もれたとき、ぼくがどんな気持ちだかわかるかい？」

彼は口を開いたままカレンの下腹に顔を押しつけてこすった。濡れた服を通してかかる息が熱い。

彼は腕を曲げ、乳房が口に届くあたりまでカレンを下ろして、かたい乳首を口にふくんでやさしく吸った。舌が欲望のままにからみつく。

頭をのけぞらせ、カレンは歓喜に震えながら空をあおいだ。無我夢中で呪文《じゅもん》のようにデレクの名をつぶやく。体を口でなぞりながら、彼はしだいに彼女を下ろしていく。濡れたドレスがデレクにからまり、カレンが下りていくにつれてめくれあがる。濡れてすべすべした腿と、デレクの高まったかたまりがこすれあった。

彼はうめくようにカレンの名をつぶやくと、唇を奪った。舌を押し入れながら、膝に抱えあげる。無意識のうちに、カレンは脚を彼の腰に巻きつけている。一瞬にして、デレクは彼女とひとつになった。

カレンは浅瀬に押し倒された。もうなにもわからない。髪が背後に漂っている。体中の力が抜けていく。ただ、リズミカルに突きあげてくるデレクの体だけを感じている。彼が絶頂に達し、カレンを炎で満たすと、ふたりは同時にエクスタシーの叫びをあげた。

ゆっくりと激情が引いてゆく。静かな波に洗われながら、ふたりはぐったりと動かない。日はすでに高い。風がやしのこずえを揺らす。何艘《なんそう》かのボートもこぎだしていた。かもめが飛んでいく。風景が眠りから目覚めたのだ。

それでもなお、ふたりは嵐《あらし》からの生還者のように、じっと浜辺に横たわっていた。

　カレンはびくっとして目を開いた。自分のバンガローのベッドだ。ふたりはひと休みするために、浜からまっすぐここに来た。デレクが彼女の上に身をかがめ、やさしく頬にキスする。

「起こしてごめん。メモを残しておいたんだけど。ちょっと泳いでくるよ。もう少し眠るといい」

「気をつけてね」

「鮫にかじられたりはしないさ」微笑んでカレンの鼻にキスし、いとおしげに唇を重ねた。「きみのおかげで素敵な一日の始まりだよ」

「こちらこそ」

　デレクはもう一度キスした。「いい夢を見るんだよ」

　彼が出ていくとカレンは薄暗い部屋の静けさに包まれた。聞こえるのは、自分の胸の高鳴りだけだ。

　デレクを愛している。

　それは毎朝太陽が昇るのと同じくらい、動かしようのない事実だった。

　部屋を出るとき、彼はカレンの心も一緒に持っていってしまった。信じられないような空虚さ。別離のときも、彼はカレンの心を道連れにするだろう。もっと激しい孤独に襲われるにちがいない。枕に顔を埋め、カレンは懸命に涙をこらえた。どうしてこんなことになってしまったの？

あっさり捨ててしまえる恋でないことは、わかっていたはずだ。クリスティンに偉そうな口をきいたのは誰？　セックスは体だけの問題じゃない。必ず心も伴う。

ところが危険なシグナルに目をそむけ、この週が終われば二度と会うこともない男との恋に軽々しく身を任せてしまった。そして彼と長くいればいるほど……。

カレンはふいにベッドから起きあがった。帰ろう。そうすれば、つらい別れの場面は避けられる。平気な顔で去っていくデレクの後ろ姿を見送るなんてできない。粋《いき》な別れなんて、わたしには無理だ。

〝楽しかったよ、カレン。幸せな人生を〟

だめだ。とても耐えられない。

ベッドから飛びだすと、彼女はクローゼットや引き出しから衣類をかき集め、スーツケースにほうりこんだ。急がなくては。もしデレクが帰ってきて、わたしを見つめ、触れたら……。

荷造りを終えると、忘れものはないかあたりを見まわした。ハンドバッグの下にはさまれたメモが目に止まった。

〝カレン、ちょっと泳いでくるよ。体力が残っていればだけど。きみのせいで、このごろぼくはいつもふらふらさ。デレク〟

簡潔なメモだ。彼のすることにはいつも無駄がない。

涙で文字がかすむ。ほんとうならくしゃくしゃにまるめて捨ててしまうべきだろうが、カレンにはできなかった。何週間、何カ月、いや何年かのち、この一枚のメモが、夢のような一週間が現実であったことの証《あかし》になるかもしれない。彼女はメモをハンドバッグにしまった。

バンガローに鍵《かぎ》をかけると、カレンはホテルのフロントに向かった。「チェック・アウトしたいんです」にこやかなフロント係に告げる。

彼の顔からさっと微笑が引いた。「でも、ご予約は今週末までのはずでございます。なにかお気にめさない点でも……」

「いいえ、そういうわけじゃないの。とても楽しかったわ。ただ、急用ができて」彼女は大声をあげて精算をせかしたかった。デレクがふいに現れそうで、気が気でない。また抱きあげられて、この込みあったロビーから連れ去られるなんてことになりたくない。

ふいに気が変わり、バンガローへ、デレクのもとへ引きかえせば、残された黄金の時をぎりぎりまで満喫することになるだろう。

だが、そうなるわけにはいかない。きっぱり別れるほうがいいのだ。また男に捨てられるなんて、とても耐えられない。デレクのおかげでやっとプライドを取り戻せたのに。いま引きあげれば、そのプライドを保ってゆけるだろう。

カレンは鉛をのみこんだような思いで空港行きのバスに乗った。奇跡的に次の便の切符が手に入った。ニューヨークで乗り継いだだけで、なんの変哲もないワシントンＤＣへの旅だった。

数日間空港に置きっぱなしにしてあったせいか、カレンの車はなかなかエンジンがかからなかった。ジョージタウンに戻る道すがら、いろんな問題が胸に浮かびあがってきた。この一週間は無視することにしていたが、いまは真剣に考えなくてはならない。最大の問題はお金だ。休暇であんなに無駄遣いするなんて。いったいどうするつもり？クリスティンの学校はものすごくお金がかかる。その上寮費だの、洋服代だの本代だの、数えあげればきりがない。

やはり昇進しなくては。ラリー・ワトソンが推してくれればなんとかなるはずだ。でも、もう彼の信用を失ってしまったかもしれない。いまのポストを維持することさえ、むずかしいかも……。

重いスーツケースを引きずって階段を上る。心のほうも心配事で重い。部屋は狭苦しく、暗く、陰気で、息がつまりそうだ。カレンは窓を開けた。

ドアのところに置いたスーツケースに目をやる。うんざりだ。今夜のうちに片づけてしまったほうがいい。そんなことでデレクへの思いを払いのけられはしないだろうが、体が疲れれば眠れるかもしれない。

だがどうしても気力がわかなかった。荷物をそのままにして、しわになったパンツ・スーツを脱ぎ、軽い睡眠薬を飲んだ。離婚のときに医者からもらったものだ。

薬と疲れのせいで、カレンはすぐ眠りに落ちた。

ドアに響く、乱暴でしつこいノックに目を覚ました。無意識に、デレクを求めて手を伸ばす。からっぽのベッドにわれに返ると、みじめさがどっと胸にあふれた。カレンは泣き声を押し殺した。

サイドテーブルの時計は午前八時を指している。こんな時間にいったい誰だろう。

ローブを羽織ると、カレンはドア越しに用心深くたずねた。「どなた？」

しわがれ声が事務的に答えた。「ＦＢＩです」

7

「FB……」冗談でしょ？　カレンはのぞき穴に目をあてた。戸口に立っている男はふたりとも、生まれてこのかた冗談を言うどころかにこりとしたことさえなさそうに見える。胸にはバッジが光っていた。「FBI？」カレンは震える指で鍵《かぎ》を開け、チェーンをはずし、ドアを開いた。

「ミズ・カレン・ブラックモアですね？」

「はい」

「わたしはグラハムです。こちらはベッキオ捜査官です。服を着て、一緒に来ていただけますか？」

「一緒に行くって、いったい、なんのために？」カレンはあっけにとられていた。「人違いじゃないかしら」

グラハム捜査官が手帳を開く。「カレン・ブラックモア。ジョージタウン、フランクリン通り二二三。二十八歳。前夫は出版事務所勤務のウェイド・ブラックモア。あなたは国務省の事務職員ですね。直属の上司はミスター・ラリー・ワトソン。クリスティンという名の十六歳の妹がいて、彼女はウェストウッド・アカデミーに入学したばかりだ」

カレンは手近な椅子にくずれるように座りこんだ。狼狽《ろうばい》し、おびえていたが、なんとか気をしっかり持とうと、さっと頭を振った。「わけがわかりません。いったいどういうことなんですか？」

「説明はあとです。早く服を着てもらえませんか？」ベッキオのほうがグラハムより態度が強硬でぶっきらぼうだ。カレンはたちまちこの男が嫌いになった。

「わたしは逮捕されるんですか？」

捜査官たちは目を見交わした。「一時的に保護するだけです」グラハムが言った。「じゃあ、待ってますから」

幽霊のようにふらふらと寝室に入ると、カレンはドアを閉め、服を着た。目あてのブラウスが見つからないので、荷物をつめこんだスーツケースを戸口に置きっぱなしにしてあったのを思い出した。

しかたなく、バスルームにあるだけの化粧品でメイクをし、髪をとかした。それ以上の時間はなかった。グラハムが呼んでいる。

「いま行きます」膝ががくがく震えていたが、思いきってドアを開けた。「用意はできました。なにか持っていくものはありますか？　長くかかるんでしょうか？」

「残念ながら、わたしにはわかりません」

「行きましょう」ベッキオがそっけなく言った。

ふたりの捜査官にはさまれてカレンは車に向かった。逮捕ではないと言われたものの、あまりいい気持ちはしない。カレンとグラハムは後部座席に座り、ベッキオは運転席についた。

カレンは行き先は聞かなかった。FBIの保護下に置かれたということしか頭になく、細かいことにまで気がまわらない。

いったい、わたしがなにをしたというのだろう？

カレンは傷のついたレコードのように、同じ疑問を何度も何度も胸の中でくりかえしていた。仕事に関係することにちがいない。またへまをやらかしたのだろうか。今度は取調べまで必要なほど重大な失敗を。

いや、そんなはずはない。機密書類を扱うことはあるが、最高機密と言えるほどのものではない。いったいなんだろう？　そして、どうなるんだろう？　わたしは、仕事は、クリスティンは……。

カレンは震えはじめた。

車が国務省に到着すると、グラハムに腕を取られて建物に入った。通されたのは見知らぬ部屋だった。だが、ドアを開けたとたん、ラリー・ワトソンがさっと立ちあがったのを見て、カレンはほっとして力が抜けそうになった。ワトソンはしばらく前からこの部屋で、気をもみながら待っていたらしい。

「ラリー！　ああよかった」カレンはうれしくて、思わず彼に駆けよった。

ところが彼はさっとあとずさった。「カレン」

怒りにひきつったその声に、カレンは足がすくんだ。「ラリー、どうなってるんですか？　いったいこれは、どういうことなんです？」

上司を見たときの安堵《あんど》は、凍りつくような恐怖に変わった。なにか恐ろしいことが起こったのだ。知らないうちに犯罪にかかわり、重大な事態を引きおこしたにちがいない。

「座りなさい」ワトソンがこんな口調で命令するのを、カレンはいままで聞いたことがなかった。

カレンは手近な椅子に腰を下ろした。命令に従うというよりは、そうしないと床にへたりこんでしまいそうだった。「事情を説明してください」声がヒステリックに高くなった。

「わたしは外に出ています」グラハム捜査官が気をきかせて席をはずした。

ドアが閉まると、ワトソンはカレンをにらみつけ、両手をポケットに突っこんだ。そうしないとカレンの首をつかんで絞め殺してしまいそうだからとでも言いたげだ。こんなに怒り狂った彼を見るのははじめてだ。

「きみは職場に多大な迷惑をかけ、その責任はぼくが一手に引きうけなくてはならない。

カレン、いったいどうしてあんなことをしたんだ？」彼は歯をくいしばって言った。「きみがこんな大それたことをしでかそうとは、夢にも思わなかったよ」顔も見たくないと言いたげに、カレンに背を向けた。

「なんのことですか？」カレンが叫ぶ。「わたしがいったいなにをしたって言うんです？一週間、ここにいなかったんですよ。誰もなにも説明してくれません。わたしは職場やあなたにどんな迷惑をかけたんですか？なにをとがめられているのかわからなくては、説明も弁明もしようがないじゃありませんか」

ワトソンの肩は怒りに震えている。「休暇は楽しかったかね？」彼はぶっきらぼうにたずねた。

質問の意図がわからない。カレンは気を静めようと、額を手でこすった。「ええ、とても」ふいにデレクの顔が浮かんだが、いまはそれどころではない。この緊迫した状況に神経を集中させなくては。

「そりゃあ、楽しかっただろうさ」ワトソンはカレンのほうに向きなおりながら、あざけるように言った。「むこうにいるあいだじゅう、ひとりほくそ笑んでいたわけか？」

数年間自分の上司であった男をカレンは見つめた。いまはまるで別人だ。顔にはありありと嫌悪が浮かんでいる。なにをしでかしたにせよ、とにかくよほどのことらしい。カレンには上司の激怒をなだめるだけの気力は残っていなかった。ワトソンは怒るばかりで、きちんと説明してはくれない。たまりかねて、カレンは立ちあがった。

「なにをほくそ笑んでたっていうんです？　お願いですから、聞かせてください」

カレンの怒りは、上司の怒りをますますあおるだけだった。「ひとつだけ教えてほしい。これは休暇の前日に叱《しか》ったことへの腹いせなのか？　それが動機かね？　それともほかになにか？　金か？　ただ単に、大統領や国務長官、あるいは合衆国政府全体を侮辱したかったのかね？　言ってくれ、カレン。どうして、こんなことをしたんだ？」

ワトソンの声は叫びに近かった。カレンは相手の勢いに気圧《けお》され、かすかに口を開いたまま、じりじりとあとずさりした。

そのときドアが開き、ふりかえると国務次官のひとりが立っていた。彼の非難がましいまなざしに、カレンの鼓動は激しくなり、手には汗がにじんできた。

「ミズ・ブラックモアだね」彼はカレンに椅子にかけるよう、あごでうながした。カレンはずるずると後退し、膝の後ろが椅子にあたると、そのまま座りこんだ。

「わたしは、アイバン・カリントン。国務長官の補佐――」

「あなたのことは存じています、ミスター・カリントン」声が震える。

「たいへんなことになった」彼は単刀直入に言った。

カレンは唇をなめ、カリントンについて部屋に入ってきたグラハム捜査官を見た。「それはわかってます、ミスター・カリントン。でも、ＦＢＩの捜査官もわたしの上司も」彼女はワトソンに非難の目を向けた。「誰も事情を説明してくれないんです」

国務次官はカレンの向かいの椅子に座り、革の書類かばんをふたりのあいだの小さなテーブルに置くと、腕を組んでじっと彼女を見つめた。有罪か無罪か見きわめようとしているかのようだ。

「今週きみはジャマイカにいたね」

質問ではなく断定だった。なぜ彼はそんなことを知っているのか、それに、どうしてカレンの休暇などに興味を持つのだろう。「はい」

「デレク・アレンと一緒に」

頭にかっと血が上り、カレンは一瞬目の前がまっ暗になった。「はい」声がかすれる。

「彼とはときどき会っていました。いったい彼がどういう――」

「ミスター・アレンとはいつからの知り合いかね？」

「い、いつって……ジャマイカではじめて知りあったんです」

三人の男が目を見交わす。カリントンが続けた。「ふたりの出会いは奇妙な偶然の一致だとは思わないかね、ミズ・ブラックモア？」

カレンはわけがわからなかった。「偶然の一致？　意味がわかりません」

「ミスター・アレンとはどの程度のつきあいかね？」

彼女はまっ赤になって目を伏せた。「彼のことはあまりよく知りません」

カリントンはゆっくりと書類かばんに手を伸ばすと番号を合わせて鍵を開け、ファスナーを開いた。その大きな音に、カレンは銃撃にでもあったように身をすくませた。彼は書類袋を取りだし、中身をテーブルに並べた。

カレンの目はかすみ、体は金縛りにかかったようになった。目の前に並んだ四つ切りサイズの白黒写真は、すべて彼女とデレクの姿をとらえていた。どぎつい写真ばかりだ。波間で、カレンの濡《ぬ》れたドレスはめくれあがり、むき出しの腿がデレクの腰にからみついている。海岸では、全裸のふたりが抱きあっている。どの写真もポルノまがいに露骨で、きたならしかった。

「どうもミスター・アレンとは、きみが言う以上に親しいつきあいだったようだね」カリントンが冷たく言った。

カレンはうなだれた。恥ずかしさと屈辱に、ぎゅっと閉じたまぶたから涙があふれてきた。「お願いです、もうやめてください」

写真が袋に収められ、かばんのファスナーが閉まる音がするとやっと、カレンは目を開き、手の甲で涙をぬぐった。

カリントンが身をのりだした。「さあ、話してくれるね。ミスター・アレンのことは、どの程度知っているのかね？」

「なにも。名前しか知りません」

「どっちの名前だね？」

「おっしゃることの意味がわかりませんわ」

「彼がほかの名前で呼ばれるのを、聞いたことはないのかね？」

「ありません」

「タイガー・プリンスとか？」

「いいえ」

「一度も？」

「ええ」

「おい、カレン、嘘《うそ》をつくんじゃない」ワトソンが背後から叫ぶ。

カレンはふりかえった。「嘘なんかついてません！　いったい全体どういうことなのか、まるでわからないわ」

「ワトソン、よかったらわたしに任せてもらえないかね」カリントンの声は鋼のように鋭く冷たかった。

「申しわけありませんでした」ワトソンはどぎまぎして引きさがった。

「きみはアレンがタイガー・プリンスと呼ばれるのを聞いたことがないんだね？」カリントンがたずねる。「彼のニックネームだよ」

「ニックネームがあることすら知りませんでした」

さっきの写真は、カレンの脳裡《のうり》に焼きついていた。安っぽいヌードショーのような場面がまぶたにちらつく。実際には甘くやさしく愛に満ちていた行為が、カメラのレンズを通すと欲情をそそるだけの卑猥《ひわい》な光景になってしまうなんて。

「レイモンド・ダニエルズという名のカメラマンを知っているかね？　自分ではスペック・ダニエルズと名乗っているが」

「いいえ」

「彼はさっきの写真を『ストリート・シーン』の次号の表紙に使うつもりでいたんだよ、ミズ・ブラックモア」

さっと頭を起こし、カレンは涙にくもった目でカリントンを見つめた。「なぜですか？　わたしにはまだ理解できません。いったいどうしてわたしのような者がそんな……」

ドアが開き、ベッキオが顔をのぞかせた。「準備ができました」カリントンに告げる。

カリントンが立ちあがり、カレンに手を差しだした。「さあ、ミズ・ブラックモア」

手を引かれるままにカレンは立ちあがり、部屋を出た。カリントンは証拠を入れたかばんをしっかり抱えている。広い廊下を抜け、首脳会談に使われる会議室に入った。

カレンは空恐ろしくなって部屋を見まわした。その上でサッカーでもできそうなほど大きなテーブルがあった。テーブルの一方の端に、国務長官とその部下たちが並んでいる。

カリントンもそこに加わった。

カレンは膝が震えた。グラハムが腕を取ってテーブル中央の席まで連れていってくれなかったら、その場にへたりこんでいただろう。

席につくと、彼女はテーブルのもう一方の人々に目をやった。

これは夢にちがいない。いや、悪夢と言うべきか。

アミン・アル・タサン首長の顔は、以前から写真で知っていた。ＯＰＥＣ諸国のスポークスマンで親米派の彼は、しょっちゅうニュースに登場していた。莫大《ばくだい》な富を有し、アラブ世界で大きな発言権を持ち、その影響力は西欧にまで及ぶ。彼がワシントンに来るという記事を読んだのをカレンは思い出した。

彼は国務長官のま向かいに座っている。アラブ独特の長いローブのようなバーヌースと白い布の頭巾《ずきん》カフィエをつけている。どちらも純白だった。浅黒い顔は写真に劣らずハンサムだ。官能的な口元とすっきり通った鼻筋。彫りの深い顔立ちに、黒い眉がりりしい。

彼は敵意に満ちたまなざしをカレンに注いでいた。

側近のひとりが、彼になにやら耳うちした。さっと手を振って部下を遠ざけるあいだも、彼の目はカレンをとらえて離さなかった。

この首長の存在と彼の憎悪のまなざしに圧倒されて、カレンはただ彼を見つめるばかりだった。この世界中で知られた人物と自分が同じ部屋にいるなんて、なんとも不可解だ。

そして、部屋全体にみなぎる緊張感。この人物とカレンのあいだに、これほどの憎悪を生みだすものがあるなんて、考えられるだろうか。

あからさまな反応を向けられても、カレンはずっと、首長とその配下が居並ぶ光景に目を奪われていた。

ドアが開く音にふりかえると、男がひとり入ってきた。仕立てのいいネイビーブルーのスーツ、日に焼けた顔を引き立てる純白のシャツ、そして絹の組みひもで結んだ白いカフィエ。会議室のざわめきが、ぷっつりとやんだ。

デレク・アレン。

人間の心臓は相次いで襲うショックにどこまで耐えられるものか、とカレンは思った。

全員の目がデレクの姿を追う。彼は首長を見すえ、堂々たる足取りでそちらへ向かっていく。

デレクは立ち止まり、右手を額にあてて体をかがめるイスラム式の礼をしてから、老人を抱き締め、両頬にキスした。「父上」うやうやしくささやく。

その言葉は静まりかえった部屋に響いた。カレンはめまいに襲われ、テーブルのふちをつかんでかろうじて体を支えた。

いま、やっとわかった。ばらばらだった情報がついにひとつの形を成した。デレク・アレンはアル・タサン首長の息子だった。事態の重大さに、不安がどっと押しよせてきた。

父への挨拶《あいさつ》をすませると、デレクは立ちあがって待ちかまえている国務長官のほうへ向かった。部下のひとりが紹介する。「長官、こちらがアリ・アル・タサン王子です」

長官と握手すると、デレクはカレンのまっ正面に腰を下ろした。彼の目を見ることができず、カレンは膝の上に組んだ、血の気のひいた自分の手を眺めていた。

アリ・アル・タサン王子。世界でもっとも影響力のある首長の息子。その男が彼女の恋人だったのだ。

目をあげて、ほんとうに彼なのか確かめずにいられなかった。金緑色の瞳はカレンに向けられてはいたが、なんの感情も宿っていない。

まるで赤の他人のような無表情。カレンはいぶかった。わたしはこの大事件の渦中の人物のはずなのに。ひょっとしたら、彼はわたしひとりに罪をなすりつけるつもりなのだろうか。

カレンは双方の代理人が交わす舌戦に注意を向けた。国務長官自身はほとんどしゃべらず、首長の側も、口を開くのはもっぱらサングラスで表情を隠した側近のひとりだ。法律用語が飛び交い、外交上のかけひきが交錯する会話から、カレンはやっとのことで話の核心をつかんだ。

国務省は、カレンが極秘情報をデレクを通じて彼の父親に流したのではないかと疑っている。アル・タサン首長はOPECの代表として、石油価格の交渉のためにワシントンに来ていた。

カリントンがカレンに尋問する。「ミズ・ブラックモア、きみはミスター・アレンと、その……親しくしているあいだに、石油価格に関連のある話をしたことがあるかね？」

「わたし、石油価格のことなんてなにも知りません。彼の名がアル・タサンだとも知りませんでしたし」カレンはデレクを非難の目で見たが、彼は相変わらず無表情だ。

「しかし妙ですね。きみが休暇を申請した日は……」

「わたしが申請したんじゃありません。上司のミスター・ワトソンが半強制的に休暇を取らせたんです」

「だがその日、きみは彼に叱責《しっせき》されたね？」

「ええ、でも――」

「昇進もふいになって、職場に対していい感情を持っていなかった」

「それとこれとは話が――」

「どうしてちょうどこの時期に、ほかならぬジャマイカに行くことにしたのかね？」

「気まぐれです！」カレンは叫んだ。「なんとなく思いついただけなんです」

不信の目がいっせいに向けられた。みんなカレンが嘘をついていると思っているらしい。

「それ以前にミスター・アル・タサンに会ったことは？」

「わたしはジャマイカに着いた日に、ビーチでデレク・アレンに会ったんです」

「彼がタイガー・プリンスというニックネームで、有名なアリ・アル・タサン王子だとは気づかなかったのかね？」

「ええ、知りませんでした」

「それはちょっと信じられないね」

「ほんとうなんです！」

「きみはほとんどの時間をミスター・アル・タサンと過ごし、彼と親密な関係になった。なのに相手の素性をまるで知らなかったと言い張るのかね？」

カレンはうつむき、そっとつぶやいた。「はい」首長を見ると、いまにも彼女に石を投げかねないようすだ。

ほかの女たちは、あとで責められることなどなく、気軽にゆきずりの情事を楽しんでいる。結婚した女の中にすら、平気で浮気をしている者がいる。なのに、よりによってこの内気でおくびょうなカレン・ブラックモアが、はじめての情事で世界的なスキャンダルを引きおこすなんて。自分とデレクの写真が頭にちらつき、カレンは両手で顔をおおった。

「ミズ・ブラックモアは、デレク・アレンという名でしかぼくを知らない」

デレクの声が、ささやきのゆきかう中に響き、部屋はたちまち沈黙に包まれた。

「彼女の言葉どおりだ」彼は冷静な口調で続けた。「ぼくと彼女は偶然ビーチで出会ったんだ」

「あなたはデレク・アレンとしか名乗らなかったというんですね」カリントンが質問のほ

カレンは顔にあてた手を下ろし、デレクを見た。こういう横柄な口のきき方をされるのには、慣れていないにちがいないが、彼は王子らしく堂々とした態度をくずさなかった。

「そのとおり」

「それ以前には彼女を知らなかった？」

「ああ」

「彼女の勤め先は知っていましたか？」

「会ったこともない人間の勤め先をどうして知っているんだね？」

「彼女はあなたとＯＰＥＣのつながりを知っていましたか？」

「ぼくはＯＰＥＣとつながりなんてない。それは父の仕事だよ」

「でも、石油に投資してるんじゃないんですか？」

「ぜんぜん。石油に使う金といえば、近所のガソリンスタンドへの支払いぐらいさ。ぼくはアメリカ人の農夫だ。自分の国を愛してる。ミズ・ブラックモアにもぼくにも、わが国を裏切る気はこれっぽっちもない」

「ふたりで政治的な問題について話したことは？」

デレクはぞっとするような目でカリントンをにらみつけた。「きみはもちろん、ミスター・ダニエルズが撮ったぼくらの写真を見たろうね？」

「ええ」

「ああいうときに、きみは政治の話をするのかね？」

どっと笑い声が起こった。デレクは満足げな微笑《ほほえ》みを浮かべたが、カレンと目が合うと、さっと真顔に戻った。全身から血の気が引いて、彼女はいまにも気絶しそうだった。ふいにデレクが立ちあがり、笑い声がとぎれた。

「ミズ・ブラックモアとふたりきりにしてもらいたい」

「とんでもない」カリントンが即座につっぱねる。「これは――」

「彼女とふたりきりで話しあえば、この問題はあっさりかたがつくと思うんだ」

「しかし、共謀して国家に対する背信行為を働く可能性のある人物を――」

「きみはわたしの息子の忠誠を疑うのかね？」

はじめて首長が口を開いた。乾いたしわがれ声が砂嵐《すなあらし》のように部屋に響きわたる。

カリントンが口を開きかけるのを、国務長官がさっと手をあげてさえぎった。アミン・アル・タサンの機嫌を損ねるわけにはいかない。彼は合衆国とアラブ諸国を結ぶ、重要な掛け橋なのだ。

「わかりました」長官はデレクにそう言うと、ふりかえって部下に命じた。「部屋を用意するように。十五分以内でよろしいですね？」彼は首長に問いかけた。

アル・タサンがうなずく。

デレクとカレンは小さな別室に通された。ドアが閉まり、ふたりだけになった。カレンは先に部屋に入り、そのままデレクに背を向けていた。彼は口を開かない。たまりかねて、カレンはふりむいた。

「たまたま海岸で出会ったとき、あなたはわたしが誰で、どこに勤めているか、知っていたの？」

「いいや」

「ほんとうに？」カレンは叫んでいた。

「知らなかった」彼は相変わらず冷静だ。

カレンの瞳に涙があふれた。政治的な目的のためにデレクが自分を抱いたのかと思うと、屈辱感で胸がいっぱいになった。わたしは、情報を得るために利用されただけなの？

「なぜ正体を隠していたの？」

「隠したりしてないさ。ぼくはデレク・アレンだ」

「アリ・アル・タサン王子でもあるわ」

「たまたまそういうふうに生まれついたんでね。ぼくの公式のアメリカ名はデレク・アレンだよ」

「農夫のね」カレンはあてつけがましく言った。

「そう。バージニアに農場を持っている」

「そしてサウジアラビアに何千という油田もね！」

「油田は父のものだ」

「タイガー・プリンスっていうのは、あなたのニックネーム？」

「ああ。ゴシップ誌に書きたてられるときのね」

「そういうくだらない雑誌は読んだことがないわ。だから説明して。どうしてそんな名前がついたの？」

「記者が何年も前に勝手につけたんだ。ぼくの髪の色やなにかのせいだろう。どうでもいいさ」

「秘密にはもううんざりだわ、デレク。それともぬかずいて、アリ王子とお呼びしなきゃいけないのかしら？」

デレクはしだいにいらだってきた。「タイガー・プリンスと呼ばれるのは、ぼくのアラブ社会に対する反抗的な姿勢と、派手なプレイボーイ生活のせいさ」重苦しい沈黙が部屋を包んだ。

「わかったわ」カレンは椅子に身を沈めた。「わたしが最新のお相手だったわけね」そう言うとスカートの裾《すそ》をなおしてから、デレクを見上げた。「あの日町で見た男を知っていたんでしょ？」

「名前はスペック・ダニエルズ。うじ虫みたいなやつだ。ゴシップ誌相手のフリーのカメラマンさ。いつもぼくを追いまわしてる。ジャマイカへ発《た》つ前日、ぼくと彼はいままでにない大げんかをしたんだ」

「それじゃ、彼はあなたをジャマイカまで追ってきたの？」

「そうにちがいない。どうやってか知らないが、ぼくの居場所をつきとめたんだろう」

「写真はどうやって？」

「沖に止めたボートから、望遠レンズで撮ったんだと思う。そこまでやるとはね。やつを甘く見ていたようだ。やつがきのうの夜、国務省に写真を送りつけてきたのは、父のワシントン滞在中にぼくにいやがらせをするためだったんだ。ところがここの職員が、写真の女性がきみであることに気づいた。ダニエルズは自分がこれほどの特だねをものにしたとは、思ってもいなかっただろう。いまごろは大喜びさ。検閲にパスしそうな写真を、雑誌社に売りつけるつもりだろうからね」

カレンはクリスティンのことを思った。このスキャンダルのせいで、彼女はどんな思いをするだろう。学校中で噂《うわさ》になり、嘲笑《ちょうしょう》と軽蔑《けいべつ》の視線にさらされるにちがいない。

カレン自身の将来もめちゃくちゃになった。国務省はおろか政府関係の職場で働く可能性をいっさい奪われてしまった。真相はどうあれ、こんなスキャンダルを起こしたとあっては、二度と信用を回復することはできない。クリスティンともども、もはやワシントンにもいられない。いったいどこへ行けばいいのだろう？

カレンは目の前に立っている男を見上げた。顔は同じだが、カフィエが異国人を思わせる。瞳は同じでも、まなざしはよそよそしい。素肌に感じたあの両手も、いまでは近寄りがたく思える。他の誰よりも身近に思えた男性が、いまでは見知らぬ他人のようだ。

「あなたは誰?」

デレクはカレンの向かいの椅子に腰を下ろした。「ぼくの母シェリル・アレンは、ロンドン留学中に父と出会った。父は当時すでに、東西両陣営が平和共存する日を予見して、西洋文化を学んでいたんだ。ふたりは恋に落ち、結婚した。父には結婚歴があり、息子がひとりいた。ぼくの兄にあたるハミドで、父の後継者だ。ハミドの母は出産後すぐに亡くなった。前の首長であった祖父が、父がクリスチャンの女性と結婚したことを知ったときには、すでに母は妊娠していた。老首長は激怒して、父に国に戻るよう命じたが、父は言うことを聞かず、母が出産を終え、無事に合衆国に戻るのを見届けるまで母のもとに残ったんだ」彼は立ちあがり、部屋を歩きまわりながら話を続けた。「父は自分の義務を果たすことにした。国に戻り、法律上は母と離婚し、アラブ女性をめとって家庭を築いた。老首長の死後は為政者として立派にその務めを果たしている。父は自国に、西欧の科学技術や医学を導入した」

カレンはデレクの話を頭に入れようと努めたが、まるで小説のようでとても真実とは思えなかった。こんなことが現実に起こったのだろうか。アミンやアリ・アル・タサンのような人物が、ほんとうにこの世に存在するのだろうか。彼はやはり、夢の中の人物だったのかしら？

「あなたのお母さまは？」

「母は合衆国に戻り、アメリカ人として、またクリスチャンとしてぼくを育てた」

「でも、あなたのお父さまは、あなたを――」

「愛してるようだった？　そのとおりさ。ぼくも父を愛してる。とっても。尊敬もしてる。だから、今度の一件にはやりきれない思いなんだ。父はこれまでぼくの軽はずみな行動を、しぶしぶながら見て見ぬふりをしてくれていた。いろいろ迷惑をかけてきたから、今度の件も、ぼくの無責任なわがままが引きおこしたと思ってるんだろう」

「そうじゃなくて？」

ぎくっとするような目で、デレクはカレンを見た。「違うんだ、カレン。たとえこういう事態を招くとわかっていたとしても、ぼくはきみを追いかけていたよ。信じてくれ。きみを自分のものにしないではいられなかった」

カレンは息をのみ、顔をそむけた。「望みどおりになったじゃない。証拠写真まであるわ」とうとう耐えきれず、両手で顔をおおって泣きだした。「わたしたちの実際の関係がどうだったかなんて、問題じゃないわ。わたしたちは有罪なのよ。証拠はあの写真だけで十分。カリントンが写真をテーブルに並べたとき、わたしがどんな思いをしたかわかる？」

デレクは髪をかきむしった。「すまない」カレンがどれほど屈辱を感じたかは、彼にも痛いほどわかった。「ダニエルズにはたっぷり礼をさせてもらう」

「ひどい人。どうしてわたしに素性を明かしてくれなかったの？　わたしはこれからいったいどうすればいいのよ」

「ぼくに考えがある」

カレンはなんとか気を取りなおし、デレクに顔を向けた。「どんな？　教えてちょうだい」

「結婚すればいい」

8

カレンはあっけにとられてデレクを見つめた。彼は相変わらず無表情で、結婚を申しこんだというよりは、時刻でも告げたかのようだ。

あまりにも突飛な申し出にショックを受けて、カレンは笑いだした。さざ波のような忍び笑いが、しだいにヒステリックな高笑いに変わる。身をのけぞらせ、彼女は頭を壁に打ちつけた。そういうふうにしか、自分の感情を発散できなかったのだ。

デレクは黙りこんでいたが、やがて静かに言った。「ぼくの提案をずいぶんおもしろがっているようだね」

「ばかばかしすぎて。これはなんの冗談なの？」

「ぼくは大まじめだ。彼らだってそうだと思うけどね」デレクはあごで会議室のほうを示した。

カレンはさっと真顔になった。いままで大笑いしていたのが嘘《うそ》のようだ。彼女は両手で顔をおおった。「ええ、あの人たちが真剣なのはわかってるわ」

にするつもり？」

「じゃあ、少なくともぼくの申し出について話しあってみる価値はあるんじゃないか？」

カレンはデレクをにらみつけた。「あなたは貴重な十五分を、そんなふざけた話で無駄
彼はむっとして、唇を噛《か》みしめた。「まじめな話だって言っただろ。むこうの部屋に戻って、ほどなくふたりは結婚するって宣言すれば、事態は一変する。連中はきみに、アル・タサン首長の義理の娘として接するようになる。いいかい、ミズ・ブラックモア、このさい、結婚は身を守るための一手段なんだ」

「あなたにとって？」カレンが嘲笑《ちょうしょう》的に言った。

「きみにとってさ。ぼくのほうは父が守ってくれる」

カレンはかっとした。デレクに、身分の違いをかさにきたような言い方をされたのは、はじめてだった。それが気にくわない。王族の尊大な態度に畏縮《いしゅく》してしまう人もいるだろうが、彼女の場合は、怒りのほうが強かった。

結婚の申し出を受けいれたらどうなるだろう？　デレクは大いにあわてるにちがいない。見栄《みえ》を張って、格好をつけているだけなのだ。彼が尻ごみするまで、この猿芝居にのったふりをするのもいいかもしれない。

「じゃあ、ご親切でわたしに結婚を申しこんでくださったわけ？」

彼の瞳が一瞬微笑《ほほえ》んだように見えた。気のせいだろうか？「ふたりがこんなはめに陥

ったことに、ある種の責任を感じているからね。ぼくがきみを誘惑したんだから」

素肌に触れるベルベットのように官能的な声に、どんなにやすやすと彼の誘惑にのったか、カレンははっきりと思い出した。彼に負い目などあるはずがない。いったん警戒心を解くなり、カレンは自ら恋に身を投げたのだから。

デレクはきっと、わたしのばかさかげんにあきれているだろう。見知らぬ男の腕の中で、奔放な情熱に身を任せたわたしの姿を思い出しているだろう。それともう、そんなことはきれいさっぱり忘れてしまったのだろうか。彼女のプライドが、音をたててくずれていった。

カレンは立ちあがり、首都の景観が一望できる窓のそばに行った。彼女はこの国を愛していた。それなのにいまは、愛する国を裏切ったかどで告発されている。胸が痛んだ。なにもかもこの男のせいだ。そして彼は、カレンが苦境を脱する手投として、偽装結婚を申しでている。

こんなこと、彼にとっては億万長者の父が尻ぬぐいをしてくれる軽はずみな失敗のひとつにすぎないのかもしれない。だがカレンは、ジャマイカの恋の日々を一生背負ってゆかねばならない。しかし、たとえそうなるとしても、デレクが差しだす命綱にすがるつもりはなかった。

「わたしは二度と結婚しないわ」

「最初の夫がつまらない男だったからかい？」

カレンはデレクのほうに向きなおった。「二度と失敗したくないし、愛してるなんて言葉に惑わされたりしたくないからよ」

「今回はそんな心配は無用だ。お互いに愛がどうのなんて言ってないだろ？」

「もちろんよ」彼女はまた窓に体を向けた。「ただ、男の言いなりになるのはもううんざりなの」

「ぼくは二十世紀の後半に生まれたんだ。結婚や女性の地位に関して、古くさい考えなんて持ってやしない。きみがぼくの命令に従うなんて思ってないさ」

「そうかしら。わたしはあなたが他人に求めているのはまさに服従だと思うけど、アリ・アル・タサン王子」

デレクがうんざりしたようにため息をついた。「きみといるとすぐに忍耐力を消耗してしまうよ、カレン」

彼にファースト・ネームで呼ばれたくなかった。彼の口から出るとなぜ自分の名前に不思議な響きが感じられるのか、いまになってやっとわかった。デレクの第二言語はアラビア語なのだ。そのかすかななまりが、彼女の名前に音楽的で詩的な味わいを添えるのだ。

「あと五分しかない。ぼくらは死ぬまで、お互いに名前しか知らず、政治の話など一切しないで別れたと、誓いつづけることもできるだろう。もっとも別れたというより、きみが突然姿を消したんだが。それで相手の住所も職業も知らずじまいだったと、主張すればいい。だが結局のところ、連中が信じようが信じまいが変わりはない。マスコミによって、ぼくらの名誉はいちじるしく傷つけられる」デレクはちょっとまをおいた。「ぼくが話しているあいだは、ちゃんとこっちを見てほしいね」

カレンはしぶしぶふりかえった。彼の命令に従うのもいやだったし、自分がおびえているのを気づかれたくもなかったが、しようがない。彼女の心は揺らいでいた。彼の美しさと魅力的な視線に抵抗する自信がなかった。

「ぼくは、ふたりがこの苦境から脱出できる唯一の方法を提案したんだ。受けいれてくれるかい？」

カレンは唇を噛みしめた。デレクは彼女がイエスと答えるものと確信している。自信に満ちたまなざしを見ればわかる。彼女が自分の腕に身を投げ、あなたの財力と権力でどうぞわたしを救ってくださいと請うものと思いこんでいるのだ。

それがカレンには悔しかった。突拍子もない提案が、しだいに道理にかなったものに思えてくるのにも腹が立った。

デレクはさらにたたみかけた。「今度の一件で、きみが職を失うことは間違いないだろう」

「そうね」

「新しい仕事を見つけるまで、どうやって生活していくつもりなんだ?」

「あなたには関係ないでしょ」

「関係しようとしてるんじゃないか」

「同情なんてまっぴらよ!」

デレクはつかつかとカレンに歩みよると、肩をつかんで軽く揺さぶった。「いまはくだらないプライドなんかにこだわってるときじゃないんだ、カレン。きみを助けようとしてるんだ。同情なんかじゃない」

「自力で切りぬけるわ」彼の言い分が正しいことはわかっていたが、カレンはきっぱりと言った。

「どうやって? クリスティンのことはどうするんだ?」

彼女はさっと顔をあげ、デレクの目を見た。彼が妹の名前をおぼえていたのは驚きだった。「妹がどうだっていうの?」

「失業保険で彼女の学費を払うつもりかい? それに、スキャンダルが彼女に及ぼす影響は?」デレクは深いため息をついた。「ぼくのほうはこんなことには慣れっこだが、きみたちふたりは森に迷いこんだ子どものようなものさ。こういうスキャンダルから立ちなおるなんて、きみたちにはとても無理だ。ぼくを信じてくれ」

「はなして」カレンが苦しげに身をよじると、デレクはあっさりと手をはなした。彼がそうすることを選んだのだ。その気になれば、永遠に彼女を抱いていることもできただろうに。カレンにはそれがわかっていた。そして、その身も凍るような思いになんとか抵抗しようとした。

「正気の女が世界に名だたるプレイボーイ、タイガー・プリンスと結婚したがると思うの？」

「ぼくの妻になるより愛人のひとりでいるほうがいいのかい？」

「愛人のひとり？　いったい何人いるの？」

「『ストリート・シーン』の最新号でも読めばわかるさ」

「それじゃあ、わたしもその中にまぎれこんで、目立たないでいられるんじゃないの？」

「無理だね」

「なぜ？」カレンの胸に、モデルや女優や王女や金持ちの未亡人などという言葉が次々に浮かんだ。

「わたしだけが特別だとでも言うの？」

「ああ。きみはひなげしのようにみずみずしい。それだけでも違う。おまけに合衆国国務省に勤めている。父はOPECの代表として、合衆国側と協議中なんだ。これだけ言えばわかるだろ、カレン。きみは絶体絶命の苦境に追いこまれてるんだ」

「ありがたいわ！」カレンは叫んだ。「そんなにわたしと結婚したがるなんて。気でも狂ったの？　それとも、おかしいのはわたしのほうかしら。あなたと一緒になったところで、問題の解決にはなんの役にも立たないわ。むしろ、よけいにひどいごたごたに巻きこまれるだけよ。少なくとも愛人なら、一時的なものだもの」

「ぼくの妻になったたって同じことさ」

カレンはあっけにとられ、あとずさりした。「そういうことなの」

なんておばかさんだろう。子どものころからずっと、結婚という制度を神聖で生涯続くものと信じてきた。ウェイドとの離婚で幻滅を味わったのに、まだ結婚神話にしがみついていたとは。

デレクはいとも簡単に言ってのけた。結婚は一時的なものだと。一生続くわけでもなければ、お互いの心になにか決定的な刻印を押すものでもない。

「でも、それじゃあ、どうしてわざわざ？」カレンの問いは、純然たる好奇心から出たものだった。

「もしきみがぼくの妻になれば、父は全力を尽くしてスキャンダルをもみ消す。ゴシップ雑誌の表紙に、あの写真が使われることもなくなるだろう。きみが単なる愛人のひとりなら、父は指一本動かさないだろうけどね。きみは孤立無援なんだ」

議論の余地はなかった。カレンは孤立無援なのだ。この危機を回避する力も、同じく無力なクリスティンを救う術《すべ》も、まるでない。

「あなたの妻になれば、お父さまはわたしを守ってくださるの？」

「きみは父の娘になるんだ。父は家族をとても大切にする」

こんな話が信じられるだろうか。愛する女と子どもを犠牲にして祖国に戻り、ほかの女と結婚して子どもをもうけたアミン・アル・タサンが、家族を大切にする人物だなんて。

それでもカレンは信じたかった。ほかに道はないのだから。彼女には首長の保護が必要だった。それに、なぜそれを求めてはいけないのだろう？　デレク・アレンがクリーブランドから休暇でジャマイカにやって来たセールスマンだったら、こんな窮地に立たされることもなかったろう。彼はアラブの王族のひとりだ。どうしてその権力に頼ってはいけないのか？

カレンは顔をあげ、デレクの瞳の中にかつての情熱を見いだそうとした。だが無駄だった。こんなに間近にいても、彼ははるかかなたにいる他人だった。

「さあ、どうなんだい？」デレクがじれったそうにたずねた。

カレンが口を開くより先に、ドアにノックの音が響いた。彼女から目をそらさず、デレクが答えた。「いま行く」そして、静かに言った。「カレン？」見すえるまなざし、きつく結んだ口元、ぐっと引いたあごが、答えをうながす。

「いいわ」

もう取り返しがつかない。また卑怯《ひきょう》な手を使ってしまった。男の言いなりになり、自分の未来を彼の手に委《ゆだ》ねたのだ。しかし、それ以外には方法がなかった。

デレクは無表情でカレンの答えを受けとめた。ドアを開け、外で待っているグラハムにうなずくと、カレンに手を差しだした。

手をつなぎ、ふたりは会議室に向かった。ふたりが部屋に入ると、ざわめきがさっと静まる。まずカレンを座らせてから、デレクはその隣に腰を下ろした。

わざと全員に見えるようにカレンの手を握ったまま、デレクは国務長官に向かって話しはじめた。「ミズ・ブラックモアとぼくは、偶然ジャマイカで出会いました。ひと目惚《ぼ》れだったんです」彼のすこぶる魅力的な微笑みに、カレンでさえ一瞬その言葉を信じそうになった。

タイガー・プリンスの恋の告白に、一同は驚きを隠しきれなかった。こんな獲物をさらうとは、よほどの女性にちがいない。自分に注がれる視線に、カレンは身をすくませた。

「この新しいデリケートな関係を大切に育ててゆきたかったので、ぼくはカレンに素性を明かしませんでした。いまとなっては、それを後悔しています。ぼくの口から説明する機会が訪れる前に、彼女は他人からそれを知らされてしまった」

デレクの口調は穏やかだが、非難の色があった。

「でもすべて終わったことです。彼女はぼくのプロポーズを承諾してくれました。ぼくたちはただちに結婚するつもりです」

しばらく凍りついたような沈黙が部屋を支配し、やがてざわめきが巻きおこった。首長はかすかに目を開いただけだ。彼の側近たちは大声で笑いながら、カレンが赤面するような冗談を交わしあっている。

テーブルのもう一方の側の反応は、ずっと抑制されていた。官僚や弁護士たちが、次々と長官の耳になにやらささやいている。

カリントンは激怒していた。「ミスター・アル・タサン、ばかげた冗談はよしてもらいたい。いったい、あなたは――」

「冗談とは失礼な」デレクは冷たく言った。「書類が整いしだい、ぼくはミズ・ブラックモアと結婚するつもりだ。この件できみにとやかく言われるすじあいはない」

「それでわれわれが、彼女とあなたとの関係が国務省に打撃を与えうるということを、都合よく忘れてしまうとでも思ってるんですか?」

「彼女はそんなことはしない」デレクの全身に怒りがこみあげるのがカレンにはわかった。彼女は首長に目をやった。彼はカレンではなく、身のほどもわきまえず息子を疑っている官僚をにらみつけている。

カリントンはひるまなかった。「ミズ・ブラックモアが、現在進行中の協議に関する極秘情報をあなたに流さないと証明できますか?」

デレクはふいに力を抜いて、椅子の背にもたれた。「じゃあきみは、流すと証明できるのかね?」

なおもなにか言おうとするカリントンを、長官がさっと手をあげて制した。

ゆっくりと首長が立ちあがる。「息子の言うとおりだ」ささやきに近い声は、予言者のような威厳に満ちていた。「わたしの家族の一員になろうとしている以上、ミズ・ブラックモアはわたしの保護下にある」首長の鷹《たか》のような視線が、カリントンを射ぬいた。「わたしは家族の者が、犯罪者のように尋問されるのを黙認するつもりはない」

国務長官はこれまでと悟ったらしく、ドアへ向かう首長に歩みよった。

「すみやかな解決を喜んでおります、ミスター・アル・タサン」長官は軽く頭をさげた。首長は返礼にちょっとうなずくと、純白のバーヌースをなびかせ、側近たちを従えて、堂々と退場していった。

彼らが出ていってしまうと、デレクはカレンの腕を取り、ドアへと向かった。カレンは自分に注がれる視線を避けて顔を伏せ、外へ出た。

ラリー・ワトソンが廊下で待っていた。カレンはデレクの腕をふりほどき、ワトソンに歩みよった。「彼とは偶然ジャマイカで出会ったんです。ラリー、信じてください。きょう、あの部屋に入ってくるまで、彼が誰だかほんとうに知らなかったんです」

ワトソンは申しわけなさそうに視線を落とした。「カレン、ひどいことを言ってすまなかった。きみがそんなことをするなんて、思ってはいなかったんだが……」

　カレンはワトソンの手をやさしく取ったが、かたわらでデレクが身をこわばらせているのに気づき、あわてて手をひっこめた。「証拠が揃《そろ》いすぎてたんですもの。あなたを恨んではいません」

「わかってると思うが、連中はきみの辞職を求めるだろう。でも、ぼくがあいだに入って、なんとか取りなせるかもしれない」

　カレンは首を横に振った。「いいんです。ここで働くのはもうあきらめました。これ以上ご迷惑はかけたくありません」

　ワトソンは悲しげだった。「きみのデスクを整理して、中のものを送るよ」

「お願いします」

　彼はちらっとデレクに目をやってから、心配そうにカレンを見た。「ほんとうにこれでよかったのかい？」

　カレンは自分でも意外なほど、自信に満ちた微笑みを浮かべた。「どんな状況でも、ベストを尽くすつもりです。心配なさらないで、だいじょうぶですから」デレクの手がまた、カレンの腕をがっちりとつかむ。「さようなら、ラリー」

「さようなら、カレン。連絡してくれ。もしなにかぼくにできることがあれば……」

　デレクに引っぱられ、カレンはワトソンの最後の言葉が聞きとれなかった。デレクは横暴にも、ほかの人間が乗りこむ前にエレベーターのドアを閉ざし、一階のボタンを押した。

「あれは誰だ?」

「ラリー・ワトソン。わたしの上司よ。以前のね」

「それだけか?」

彼の怒りに満ちた威圧的な口調にカレンは驚いた。「どういう意味?」

「わかっているはずだ」

どんな男にも共通する徴候――乱れた息、ぎらぎらしたまなざし、こわばった筋肉。これは嫉妬《しっと》なのだろうか。いや、デレクはわたしが自分の所有物であることを思い知らせたいだけなのだろう。「ええ、単なる上司よ」

「なら、いい」そのぶっきらぼうな言い方に、カレンはよけいに腹が立った。

エレベーターを出ると、首長の側近のひとりがデレクにイスラム式の礼をし、早口のアラビア語でなにやら耳うちしている。カレンのことなどまるっきり無視して。この先ずっとこうなのだろうか。わたしは常に、タイガー・プリンスの添えものにすぎないのだろうか。

いや、離婚までのあいだだけだ。結婚する前から離婚を考えているなんて、なんだか妙な気分だった。

「父がホテルの部屋で会いたいと言っている」新聞記者に取り囲まれている首長のもとに側近が戻っていくと、デレクが言った。

「いますぐ？」カレンの声は震えた。

「父が呼ぶときはいつも、いますぐさ」

建物の外には黒のリムジンがずらりと並んでいた。バーヌースにカフィエ姿の運転手が、車のそばで待機している。デレクは先頭の車に歩みより、後部座席のドアの前にしばらくたたずんでいた。運転手がドアを開けるそぶりを見せないので、カレンはデレクが車を間違えたものと思った。

ところが、デレクは奇妙な振舞いに出た。二本の指を唇にあてると、その指を後部座席の窓ガラスに押しつけたのだ。

それからカレンの腕を取り、最後尾のリムジンへと向かった。運転手が駆けより、ドアを開ける。ふかふかの座席に腰を落ち着けると、カレンはたずねた。「いったいあれはなんなの？」

「あれって？」

「あのキスよ」

デレクはカレンを見つめた。「母へのキスさ」

カレンは驚いてぽかんと口を開けた。「お母さま？　あの車にいらしたの？　でも……お父さまは別の方と……お母さまは首長と一緒なの？」

「いつだって父と一緒さ。可能なかぎりね」

「わたしにはわからないわ。お父さまはほかの女性と結婚したというのに、お母さまと一緒にいるなんて。なぜなの？」

「父が望んでいるからさ」

それ以上のことを聞きだすには、首長を取り囲んでいる新聞記者の群れに飛びこむしかなさそうだ。リムジンの行列はワシントンＤＣの市街を抜け、首長が滞在しているホテルに向かった。

カレンとデレクは続き部屋の控えの間で待つように言われた。カレンは身をかたくして椅子に座っていたが、デレクはのんびりと部屋を歩きまわっている。

これがあやうく国際的なスキャンダルから身をかわした男の姿だろうか。彼は水差しの冷たい水を飲み、口笛を吹きながらのんびりと窓の景色を眺めている。

彼の平然とした態度に、カレンの神経はいっそう高ぶった。デレクから水はどうかと聞かれたが、首を振って断った。しかし、舌が口にはりつきそうなほど喉がからからだった。

いきなりデレクがふりかえると、カレンは椅子から跳びあがりそうになった。「どうしてぼくを置き去りにしたんだ？」

きょうの大騒ぎのあとでは、あのときの苦痛を思いおこすのすらひと苦労だ。「いま話さなくてはいけないの？」カレンはうんざりして言った。

「ああ」

「話したくないわ」

「ぼくは聞きたい」デレクはきっぱりと言うと、カレンのまっ正面に立ちはだかった。彼の顔を見るにはカレンは頭をのけぞらせなくてはならず、それがまたいらだたしかった。

「どうして、あんなふうにこそこそ逃げだしたんだ？」

「それがいちばんいいと思ったからよ」

「誰にとって？」

「ふたりにとって」

「なぜ？」

「一週間が終わろうとしていたわ」

「それで？」

「ふたりは二度と顔を合わせることもないと思ったの。湿っぽいさようならなんて、いやだったのよ。あれでよかったと思わない？」

「ぼくに選択の余地を残してくれなかったね」

「あなただって、さっきわたしに選択の余地をくれなかったわ」

「ああ。でもきみは正しい選択をしたよ」

「そうかしら。わたしたち、もうけんかしてるわ」

デレクはカレンの頬にかかるほつれ毛をそっと払った。「恋人たちが結婚式の日取りでもめるのなんて、よくあることさ」

デレクのしぐさで、カレンは自分の身なりがどんなに乱れているか気づいたが、彼の思わせぶりな口調に思わず目をあげた。あの懐かしい瞳がそこにあった。熱帯の夜のように情熱的な瞳が。「とても花嫁のような気分じゃないわ」意地悪く言ったつもりが、悲しげな口調になってしまった。

デレクの熱い視線が、カレンの唇から喉、そして胸元へと下りていく。デレクは両手でカレンの顔を包み、あごが彼のベルトのバックルに触れそうになるまでぐっとのけぞらせた。そして親指で彼女の唇をなぞり、目をじっとのぞきこんだ。

「きょう一日が終わるまでには、きっとそんな気分になってるさ」カレンの全身がおののいた。「なぜぼくを置き去りにしたんだ?」

「言ったでしょ」カレンはそっけなく言った。彼の魅力に負けるわけにはいかない。

「嘘だ。さようならを言いたくなかっただけじゃないだろ」デレクはカレンの頬を撫《な》でた。

「ぼくが追いかけてくるとは思わなかった?」

「いいえ。二度と会うこともないと思っていたわ」

「ぼくから離れられないって言っただろう。忘れちゃいないね?」彼の手がそっと離れる。

そのときドアが開き、従僕がふたりを招きいれた。デレクの愛撫《あいぶ》のせいで、カレンの胸は高なり、膝はがくがくしていた。

部屋に入っていくふたりに、従僕が深々と頭をさげた。カレンは驚いて、その場に立ちすくんだ。予想に反して、部屋はごくふつうだった。

アラビアンナイトの一ページのような光景を思い描いていたのに、家具はフランス製の民芸調で、部屋の一角には立派なバーまである。

そして部屋の雰囲気にぴったりと溶けこんで、ひと組の男女がソファに座っていた。正確に言えば、女性のほうは肘掛けに腰を下ろし、かたわらの男性の肩にさりげなく腕をまわしている。男性のほうも、片腕を彼女の背中にあてがっていた。

この男性が、バーヌースとカフィエを脱いだ首長だと気づくのには時間がかかった。だが鋭い眼光は、まさしくアミン・アル・タサンのものだ。

厳しい気候にさらされ、しわが刻まれているが、彼の顔にははっとするほどの野性的な魅力があった。髪はデレクと同じように少々長めで、父のほうがいくぶん濃い色合いだが、髪に走る縞模様《しまもよう》はまったく同じだった。デレクのたくましい体つきは、父からの遺伝にちがいない。首長はシャツにズボンという、まったくヨーロッパふうのいでたちだったが、全身から強烈なエネルギーを発散していた。息子同様、人の注意を引きつけずにはおかない人物だ。

最初に口を開いたのは、シェリル・アレンだった。彼女は両手を大きく広げて、息子に歩みよった。「久しぶりね」

デレクはやさしく母を抱き締め、淡い茶色の髪にキスした。息子の肩ほどまでしかない小柄な人で、すこぶる魅力的だった。この人になら、ハンサムなアル・タサンが夢中になるのも無理はない。

「母さん、素敵ですね。新しいドレス?」

「きのうの夜、ニューヨークへ飛んでショッピングしたの。そのときアミンが選んでくれたのよ。気に入った?」

「ええ、とても」デレクは答えた。だがシェリルの緑の瞳はすでにカレンに向けられていた。「母さん、こちらはカレン・ブラックモア、まもなくあなたの義理の娘になる人です」

シェリルは温かい微笑みを浮かべた。「ええ、聞いたわ」氷のように冷たいカレンの手をぎゅっと握った。「昔から娘がほしかったのよ」

カレンは彼女のやさしさと気さくな態度に驚きながら、弱々しい微笑みを返した。「お会いできてうれしく思っています……」言葉につまってしまった。首長の前夫人を、どう呼べばいいのだろう?

「シェリルと呼んでちょうだい」カレンのとまどいを察したらしく、彼女はすぐさま助け舟を出してくれた。「かけませんこと? 飲みものはいかが? アミン、あなたもどう?」

「わたしはおまえにあちこち動きまわるのをやめてもらいたいね。さあ、ここにお座り。デレクがフィアンセと自分の飲みものの用意をするから」

首長がソファの肘掛けをたたくと、シェリルはそこに戻った。「イスラム教徒なのでわたしはアルコールをたしなまんが、遠慮なくどうぞ、ミズ・ブラックモア」

カレンは背筋を伸ばした。これはテストなのだろうか。「ありがとうございます。でも、いまはけっこうです」

デレクはいたずらっぽい目をしてカレンを椅子へと導いた。「彼女は大酒飲みなんかじゃありませんよ、父さん。アルコールはたまにしか口にしないんです」

デレクはバーでグラスにミネラル・ウォーターを注《つ》ぎ、氷とライムを浮かべた。

カレンが不安げに首長に目をやると、彼はこちらを見つめて微笑んでいた。「とてもかわいい人だね、アリ」

「ありがとうございます。ぼくもそう思ってます」

デレクはカレンの間近に腰を下ろし、彼女の肩に腕をまわすと、こめかみにやさしくキスした。

「彼女のおかげできょうはたいへんな目にあった」アル・タサンが言った。

目の前にいるカレンを無視したような口ぶりに、彼女はむっとした。「わたしのこうむった被害のほうが大きいと思いますわ、ミスター・アル・タサン」

首長はいぶかしげに顔をしかめた。「はっきりものを言うね」そしてふいにまっ白な歯をのぞかせ、声をあげて笑った。「この人を見ていると、おまえと出会ったときのことを思い出すよ、シェリル。わたしは活発な女性が好きでね。うじうじしているのはどうも虫が好かん。おまえもそうだろ、アリ？」

それから三十分ほどは、ずっとなごやかだった。アル・タサンが生いたちや経歴をずけずけとたずねるので、カレンは少々気分を害したが、デレクに目くばせされて自分を抑えた。強いられた結婚だというのに、気を遣わなくてはならないのはいつもカレンのほうなのだ。

最後にふたりをじっと見つめてから、アル・タサンが言った。「結婚を許そう」

許可を求めたおぼえなどなかったが、デレクはうやうやしく頭をさげた。「ありがとうございます」

首長がふたりに近づいてきた。デレクに手を引かれ、カレンも立ちあがった。首長が彼女の顔を両手で包む。首長の黒い瞳に、カレンの姿が映っていた。彼は彼女の両頬にキスして言った。「わたしの娘だ」

ふたりだけの話があると言って、デレクと首長は隣室に姿を消した。

残されたカレンに、シェリルがお茶とサンドイッチを出してくれた。

「わたしはこの結婚をとても喜んでいるの。どういう事情で決まったにせよね。アミンとわたしはずっとデレクが心配で、早く結婚して家庭を築いてほしいと思っていたから」カップを持つカレンの手が震えた。シェリルはなにも知らないか、知らないふりをしているかのどちらかだ。「あの子に荒っぽいところがあるのは、わたしのせいね。特殊な環境で育てたものだから」彼女は言葉を切り、悲しげな笑みを浮かべてカレンを見た。

カレンの胸は同情でいっぱいになったが、やさしい言葉をかけるまもなく、隣室のドアが開いて、男たちが姿を現した。デレクとアル・タサンは抱擁を交わした。

デレクはそばに来てカレンの腕を取った。アル・タサンがふたりに微笑みかける。「また近々会う機会を持とう」そう言うとシェリルに手を差しだした。「さあ、おいで」

シェリル・アレンは上品で落ち着き払っていて、どんな状況にも冷静に対応できそうな女性だが、すぐさまカップを置いて息子とカレンに微笑みかけると、アル・タサンの手を取った。首長は彼女を寝室に連れていき、デレクとカレンを残してドアを閉じた。なにもかも首長の意のままだった。

9

「わたしがあんなふうになるなんて、思わないでちょうだい」

デレクとカレンは再びリムジンに乗っていた。デレクが運転手にカレンの住所を告げると、運転席とのあいだのガラスのパネルが閉まった。どうして彼が住所を知っているのかカレンにはわからなかったが、驚くのにはもう慣れっこになっていた。彼女はぼんやりと窓の外を見た。

「あんなふうって？」デレクが体をずらして自分のほうに向きなおったのがわかったが、カレンは顔をそむけたままでいた。

「あなたのお母さまのようによ。始終お父さまのご機嫌を取って、なんでも言いなりで」意志をはっきりと伝えるためにふりかえり、正面からデレクを見た。「ああいう妻にはならないわ」

当然怒りだすものと思っていたのに、デレクはもの憂げな微笑《ほほえ》みを口元に浮かべただけだった。そして、温かな手がカレンの首筋にからみつき、顔を引きよせた。

「きみはどんな妻になるんだい、カレン？」

デレクはカレンの唇を奪い、意のままにむさぼった。柔らかな唇が執拗《しつよう》な動きをくりかえし、彼女の口を開かせる。舌がすばやくすべりこみ、口中を官能的な愛撫《あいぶ》で満たした。今度はカレンのブラウスのボタンをふたつはずし、片手を差しいれた。細長い指が裸の肩をつかむ。彼女が抵抗するなどとは、夢にも思っていないようだ。

実際、カレンにはそんな力はなかった。この抱擁だけが、きょうの出来事の中で、唯一の現実に思える。カフィエを脱いだデレクは、カレンの知っているデレクだった。この人なら、受けいれられる。

反応を示せば、さっきの自立宣言を裏切ることになると知りつつも、カレンは体の要求に負け、キスを返した。デレクがブラジャーの肩ひもをはずし、胸元に指を走らせると、低いあえぎをもらした。

「一日中こうしたくてたまらなかった。自分を抑えられたのが不思議なくらいだ」デレクの濡《ぬ》れた唇が、カレンのあごから耳、うなじへと這《は》い、熱い吐息を吹きかける。「きみが姿をくらましたとき、ぼくは怒り狂ったんだぞ」

「なぜ？　プライドを傷つけられたから？」

「いいや。まだきみを味わいつくしていないからさ」彼の舌がカレンの耳たぶをなぞる。

「まだまだね」

再びデレクが唇を重ねてくると、カレンの全身を激しい欲望が駆けめぐった。彼女は身をよじり、デレクの胸に乳房を押しつけると両腕を彼の首にまわし、キスの悦《よろこ》びに身を任せた。

デレクが体を離すまで、カレンは車が止まったことにも気づかなかった。身勝手な彼の欲望にも、その誘惑にやすやすと負けてしまう自分にも、腹が立ってしようがない。運転手がドアを開けると、あわててブラウスのボタンをかけようとしたが、デレクに手を押さえられた。

「そのままでいい。きみはもう、公務員じゃないんだ。ぼくはきみに、オールドミスの学校の先生みたいな格好をさせておく気はないよ。女らしいきみが好きなんだ」

運転手の前で言い争いたくなかったので、カレンは黙っていた。それに、近所の人や通行人が数人、リムジンに好奇の視線を向けている。デレクはカレンの腕をつかみ、階段のほうへ向かおうとしていた。

部屋の戸口で、カレンはスーツケースにつまずいてあやうくころびそうになった。「きのうの夜、荷物をほどかなかったの」

「ぼくのもとからこそ泥みたいに逃げだしたあとじゃ、さぞかし疲れていたろうさ」

運転手が遠くにいて聞かれる心配もないので、カレンは腰に手をあて、デレクのほうに向きなおった。「そのことでいやみを言うのはもうやめてもらえないかしら」

「きみのほうも、二度とぼくから逃げだそうなんて気は起こさないほうがいいね」

「あなたがそんなこと言う権利はないわ」

「三十分もすればその権利を手に入れてるさ」

「三十分？」

「判事に会うよう父が手はずを整えてくれたんだ。必要な書類は全部むこうが揃《そろ》えてくれている」

そう、そうだった。わたしはデレク・アレンと結婚するのだ。

「荷物をまとめてほしい。ワシントンを出て、農場に行ったほうがいいと思うんだ。この一件がきれいに片づくまではむこうにいよう。とりあえず必要なものだけを持っていけばいい。足りないものは買ってあげるから」

まるで、きみの未来はぼくの手の内にあると言いたげだが、カレンは疲れて反論する気にもなれなかった。「すぐすむわ。ソファにでもかけていて」

カレンは寝室やバスルームをぶらぶらとうろつき、持っていくものを探した。なにもない。頭がぼんやりしているせいだろうか？　それとも、いままでの人生がそれほどつまらないものだったのか？

ただ、今朝手あたりしだいに身につけたブラウスとスカートのままで結婚するのだけはいやだった。居間に戻り、カレンは小さいほうのスーツケースを手にした。「シャワーを浴びる時間はあるかしら」デレクはのんびりと雑誌をめくっている。それがまた、彼女をいらだたせた。

「もちろん。背中を流してあげようか?」

「けっこうよ」

「じゃあ、ご自由に」

音高くバスルームのドアを閉めると、カレンはわざと時間をかけてシャワーを浴び、髪を洗い、メイクをした。なんとかデレクをいらいらさせてやりたかった。

だが、居間に戻ってみると、彼は相変わらず平然としている。

カレンは組みひものベルトに大きな真鍮《しんちゅう》のバックルのついた、オフホワイトのシルクのワンピースを着ていた。髪はうなじのところで小さなシニョンにまとめ、真珠のイヤリングをつけている。シックでシンプルでエレガントな装いだ。

デレクがゆっくりと立ちあがり、称賛の目で見ている。

「準備ができたわ。あとは荷物を持って外に出るだけ」

デレクはうなずき、ドアを開けて運転手を呼びよせた。スーツケースが運びだされてから、カレンに聞いた。「部屋の管理をどこかに頼まなくていいのかい?」

「いまのところは、鍵《かぎ》をかけておくだけでいいわ。ジャマイカに行く前に、新聞も止めたし」

いつ帰るかもわからないのだから、家主に知らせる必要もない。いったいこの〝結婚〟はいつまで続くのだろう？　一週間？　二週間？　それともひと月？

デレクは彼女が去ったとき、まだ彼女を味わいつくしていなかったから、怒り狂ったと言った。愛情の問題ではないのだ。車でのキスがいい例だ。デレクは自分の欲望を満たすために、カレンを必要としているにすぎない。

彼は結婚すれば、金のかからない愛人を持てると思っているのだ。アリ・アル・タサン王子にはその考えの甘さを十分思い知らせてやらなくては。

カレンは車に乗りこんでから、話の口火を切ろうと思っていた。だが、先に口を開いたのはデレクのほうだった。

「素敵だよ、カレン。いままででいちばん美しい。こんな花嫁を持てて、とても誇りに思うよ」

「どうもありがとう」彼女はもじもじして、ベルトの飾りひもをいじっていた。「スーツ姿のあなたにふさわしい服装になって、ほっとしてるわ。いくらなんでも、さっきの格好で結婚したくないもの」

「ぼくはジレンマに苦しんでるよ」

「ジレンマ？」

「きみにキスしたいけど、きみの姿を乱したくない。どっちの欲求に従うべきかな？」デレクは首をかしげ、カレンを見つめた。「美しすぎて乱すなんてできない。がまんするよ」

そう言うとカレンの手を取り、手のひらに熱い唇を押しつけた。そのキスはカレンの体を突きぬけ、彼女の花弁は温かく濡れて花開いた。「世界一美しくてかわいくてセクシーな花嫁だ」デレクが彼女の手のひらにささやきかける。そこがこんなにも感じる部分だとは、いままで思ってもみなかった。

カレンは体をずらしてデレクから離れ、胸の鼓動を静めようと咳《せき》ばらいした。「話があるの」

「どんな下着をつけてるんだい？」

「なぜそんなこと聞くの？」

「花婿は花嫁に聞く権利があるんだ」

「これから話すことに同意してもらえないと、わたし、花嫁にはなれないわ」

「なんだい？」口調はさりげないが、デレクの顔は緊張していた。

「ほかに方法がなかったから、わたしはこの結婚を承諾したわ。でも、それだけのことよ」

「なにが言いたいのか、よくわからないね」

カレンは深いため息をついた。「つまり、形式だけのものだってこと。それだけ」

「それだけって？」

どうしてこんなに鈍いのだろう？　それとも、わざとわたしの口からはっきり言わせようとしているのかしら。「通常の結婚に伴うようなことはなしって意味よ」

しばらくの沈黙ののち、やっとデレクが口を開いた。「つまり、ぼくに夫としての権利を認めないってことかい？」

「そのとおりよ」

「ぼくとベッドをともにしないの？」

「ええ」

「愛しあわないつもりかい？」

「絶対に」

デレクは運転席との仕切りのガラスが揺れるほど大声で笑った。

「カレン」カレンの手を取り、彼女がひっこめようとするのに強引に指をからめて自分の胸に押しあてた。「自分がどんなにばかげたことを言いだしたか、わかってるのかい？」

「なぜばかげているのか説明して」

「いいとも。まず第一に、きみはぼくに条件をつきつけるような立場ではない。ふたりとも面倒に巻きこまれたわけだけど、ほんとうに窮地に立っていたのはきみのほうだからね」

「わたしが女であることと、身分と、仕事のせいでね！　でも全部気に入ってたわ！」

「ぼくは事実を言ってるだけさ。ぼくのほうが、きみを苦境から救いだすと申しでたんだ。なのにそれに条件をつけるなんて、ちょっとひどいんじゃないか？」怒りと屈辱に、カレンは唇を噛《か》みしめた。「第一に、ふたりは互いに求めあっている。それははっきりしてるじゃないか」

「ジャマイカでは、確かにそうだったわ。現実からかけ離れた世界だったんですもの。海と月と音楽と花とワイン。わたしはロマンティックなムードに惑わされたのよ。でもいまは、地に足をつけているわ。以前よりもしっかりとね。自分の無分別からあんな事件を引き起こしたっていうのに、わたしがまた同じことをくりかえしたがるとでも思ってるの？」

「ぼくは人間の行動の原因を分析しようなんて思わないね。問題にするのは事実だけだ」デレクはカレンの間近に顔を寄せた。「きみはいまだって、激しくぼくを求めている。ぼくはきみの体を知りつくしてるんだ。見ただけでわかる。ぼくがそのドレスが気に入った理由のひとつは、体にぴったりフィットしていて、美しい体の線がはっきりわかるからさ。さっききみの手にキスしたときに乳房が震えたのだって知ってる。きみがきまり悪そうに脚を組みかえたのは、ほかのところだって反応していた証拠だ」

カレンの瞳に熱い涙があふれた。「もう、やめて」きつく目を閉じて唇を噛みしめ、なんとか体の震えを抑えようとした。

「カレン、きみはぼくを求めてるんだ。いまでも。前以上に。そして、その気取った態度を捨てて素直にぼくを見れば、ぼくがどんなにきみを求めているかだってわかるはずだ。ねえ、どうしてそんなばかげた条件をつけるんだ？」デレクの声はしだいに怒気を帯びてきた。

「あなたがもう十分わたしを苦しませたからよ。わたしはあなたの妻になんかなりたくないわ。一時の情事の相手だっていやよ。ハーレムの一員になんて加わりたくないわ。あなたと寝たくないのよ」

「いまさらそんなことを言っても遅い」

「いかにもあなたの言いそうなことね。前にあなたとベッドをともにしたのは、そうしたかったからよ。そうすることを選んだのよ。そしていまは、ベッドをともにしないことを選ぶわ」

「でも状況は変わったよ。結婚してしまえば、ぼくはきみに要求する権利がある」

「そのつもりなの？」

「たぶんね」

　カレンは恐怖を感じたが、それを怒りに見せかけた。「どうやって？　棍棒《こんぼう》で殴って、ベッドへ引きずっていくつもり？　お父さまそっくりね。指を鳴らせば、わたしが跳びつくとでも思ってるんでしょ。女は財産のひとつなのよね。神さまが与えてくれたおもちゃ。

でもわたしはいっときだってそんな立場に甘んじるつもりはないわ。運転手に引きかえすように言ってちょうだい。この苦境は別の方法で切りぬけるわ」

デレクは微笑みを浮かべ、叱《しか》るように言った。「引きかえしたりはしないさ。ぼくはいったん口にしたことは必ず守る。きみと結婚するよ。きみは自分のほんとうの気持ちを偽って、勝手にすねてればいいさ。無理強いはしないよ」

「そう、けっこうね」カレンはデレクを疑いの目で見た。こんなにあっさりひっこむとはどうもあやしい。「わたしがすねてるあいだ、あなたはどうしてるの？」

「きみの気持ちを変えさせようとしてるさ」

自信たっぷりの答えと同時に、熱い唇がカレンの乳房から下腹へと這い、へそのまわりをめぐった。そして愛を交わしたあとのようなかすれた声で、デレクは彼女の耳元にささやきかけた。

「きみはいつもぼくを喜ばせてくれるね、カレン。きみの体がぼくを温かく包む感じが好きなんだ。すごくいい」

ふたりの愛の記憶が一瞬にしてよみがえり、カレンは自分でもデレクを拒んだ理由がわからなくなってしまった。身をこわばらせ、デレクの瞳に吸いよせられたように見入っていた。彼女は、運転手がドアを開けたときはじめてわれに返った。

「さあ、着いた」

「あなたのご両親もいらしてるの？」

「いや。父が行くところは、どこでもファンファーレが鳴り響くからね。きみもおいおい慣れるだろうけど」

カレンはぼんやりと建物に入っていった。なにもかもが現実とは思えない。判事に会い、握手し、祝福の言葉を受けた。書類にサインし、デレクのかたわらに立って、判事に続いて誓いの言葉をくりかえした。

そして悟った。どうしてこんなにもこの結婚を恐れていたかが。

カレンはデレク・アレンの妻になりたかったのだ。誓いの言葉は彼女にとって、口先だけのものではなかった。彼女はデレクのベッドに入るよりも先に、すでに彼に恋していたのだ。彼との結婚は、心も体もふくめたものでなくてはならなかった。カレンにとって、茶番でもなんでもなかったのだ。

だが、デレクは……。

彼が誓いの言葉を口にする。カレンは目をあげた。デレクもこちらを見つめている。驚きがカレンの全身を貫いた。デレクは心からその言葉を口にしているように見える。だが、そんなようすを信じるわけにはいかない。カレンは目をそらした。

この偽りの結婚が終わるとき、胸がはり裂ける思いをするだろう。未来の心痛を和らげるためにも、そっけない、無関心な態度を取っていなくては。彼と仲むつまじく暮らすわけにはいかない。あらゆる意味でデレクの妻になってしまえば、別れのとき、彼の腕にすがって捨てないでくれと泣きわめくことになってしまう。

やがて指輪の交換となった。デレクが細い金の指輪を取りだしたので、カレンはさらにショックを受けた。精巧な細工のほどこされたその指輪は、アンティークらしい。

「母が父からもらったものなんだ」問いかけるようなカレンの瞳に、デレクはやさしく説明を続けた。「父の一族に代々伝わる指輪でね。ぼくの妻となる人に受け継がれることを、両親も望んでるんだ」

デレクが指に美しい指輪をはめてくれるのを、カレンはぼんやりと眺めていた。あつらえたようにぴったりだ。儀式をしめくくるキスは、やさしくも力強く、決心を守りぬく勇気をくじかれた。

判事はデレクと握手し、飲みものでもどうかと誘ったが、デレクが丁重に辞退するので花婿の性急さを見てとって、快くふたりを送りだした。

車は高級住宅街の一角にある高層マンションへと向かった。リムジンはほの暗い地下の駐車場にすべりこんだ。エクスカリバー・コンバーチブルのかたわらにたたずんでいた男が、すぐさまカレンの荷物をその車のトランクに運ぶ。

「この車で農場に向かうほうが、きみも気楽だろうと思ってね」エクスカリバーに乗るほうが、運転手つきのリムジンより少しは地味だと言いたげな口調だった。

デレクは父の使用人に礼を言い、車を夕暮れの街路に出した。長い一日が終わろうとしている。それでもなお、カレンにはきょう一日の出来事が現実とは思いがたかった。

「例の写真はもう父の手に渡っているから心配ないよ」カレンは写っていた光景を思って、さっと頬を赤らめた。「だいじょうぶ。もう焼き捨ててるよ」

「どうやって雑誌に載るのを阻止したの？」

「写真を撮ったスペック・ダニエルズの名を父に教えたんだ。きっとむこうが断れないような申し出をしたんだろうね。もうやつも二度とあんな写真は撮らないだろう」

デレクの顔を見てそれが冗談でないことを確かめると、カレンは思わず身震いした。車は幌《ほろ》を下げ、猛スピードで町を走りぬけていく。もし彼女が首長の敵側にまわっていたら、いったいどんな運命が待ちうけていたことだろう。

「『ストリート・シーン』のほうは？　わたしたちふたりの特集でも組むつもりだったんじゃない？」

「そのとおり。でも父が、その号の利益はおろか、この先十年分くらいの収益がぱあになりかねないほどの訴訟を起こすぞっておどしたんだ」

「そんなこといつ知ったの？」

「きょう父と寝室でふたりきりで話したときさ」

「でも、それだけのことを全部片づけるだけの時間はなかったはずよ」

信号を無視し、デレクはカレンに顔を向けて微笑んだ。「ああ。いま言ったことは、あくまでも父の心づもりさ。でも父がそうするつもりだと言えば、必ずそうなるんだ」

カレンは車の行き先にはほとんど注意を払っていなかったが、見慣れた景色が目に飛びこんでくると驚いてデレクを見た。

「びっくりしたみたいだね」彼は車を私立学校の駐車場に止めた。

「ええ。どうやって調べたの？」

「ぼくには秘密のルートがあるのさ」車から出ると、彼はカレンの側にまわってドアを開け、彼女の腕を取って苔《こけ》むした煉瓦《れんが》の道を進んだ。「きみをハネムーンにさらっていく前に、クリスティンに結婚の報告をしておかなくてはね」デレクは肩に腕をまわし、カレンを抱きよせた。「それに、早く義理の妹に会いたくてしかたないんだ」

いつもは厳格な女校長も、カレンがデレクを夫と紹介すると、そわそわとしはじめた。彼のことは雑誌やなにかで知っていたらしい。すぐにクリスティンを呼びに使いをやってくれた。

クリスティンが来るのを待つあいだ、校長は好奇心を抑えきれずにあれこれ質問した。適当にはぐらかしながら、デレクは軽い冗談ととろけるような微笑みで絞長をすっかり虜《とりこ》にしてしまった。

クリスティンは十六歳の少女らしい活発さで、足音を響かせて階段を駆けおりてきた。

校長がふりかえってしぶい顔を見せた。無言の非難に急ブレーキをかけられたように立ち止まったので、少女の体は一瞬ぐらりと揺れた。その目は、姉と姉の腕を取る見たこともないようなハンサムな男性に釘《くぎ》づけになっている。

しばらく階段に立ちすくんでいたクリスティンだが、なんとか礼儀にかなった態度をとりつくろうと、ゆっくりと階段を下りてきた。

デレクが女性に与える衝撃を重々承知しているカレンは、妹に歩みよった。自分のことで精いっぱいで、いままでクリスティンがこの結婚をどう思うかなんてまるで考慮していなかった。カレンは妹をしっかり抱き締めた。

「ハーイ、クリスティン」

クリスティンも抱擁を返したが、半ばうわの空だ。どうやらカレンの肩越しのデレクにまだ見とれているらしい。「ハーイ。旅行から戻ってきたの?」

「ええ」カレンは妹の反応を確かめようと、体をはなした。「二、三日早めに切りあげたの」

「なぜ?」クリスティンの視線はまだデレクに向けられている。

「それが……」カレンはためらった。どう打ち明けたらいいのだろう。「ちょっといろいろあって……。こちらは、デレク・アレン、ジャマイカで出会ったの」早口に言った。

「デレク、妹のクリスティンよ」

クリスティンはぼうっとしてデレクのほうに近づいた。

「こんにちは、クリスティン。ずっときみに会いたかったんだ」

「あなたが？　どうしてですか？」カレンは妹の体を揺さぶりたい気分だった。あまりデレクに夢中になってほしくない。

「ぼくもきみの家族の一員になったから。カレンとぼくはきょうの午後結婚したんだよ」

クリスティンは姉と見知らぬ男の顔を見くらべた。「け、結婚？」

デレクがカレンの手を取り、引きよせる。「お姉さんとジャマイカで会って恋に落ちたんだ」彼は熱い視線をカレンに注いだ。「こっちまでお姉さんを追ってきて、結婚してくれるようにせがんでね。お姉さんが承諾してくれたんで、彼女の気が変わらないうちに判事のところに駆けこんだんだ。結婚式に招待できなくてすまなかったけど、許してほしい」

口から出まかせのデレクの作り話は、まるでテレビ・ドラマのように安易な筋立てだった。だが彼がカレンの唇にやさしくキスして話をしめくくると、ふたりの聴衆はロマンティックな感動に涙さえ浮かべていた。

「ああ、姉さん」クリスティンがカレンの首にしがみつく。「素敵だわ！　姉さんが旅行に出るって言いだしたときから、なにかすばらしいことが起こりそうな予感がしてたの。おめでとう！」

デレクがお祝いの夕食のために、クリスティンの外出許可を願いでると、校長は快く許してくれた。

クリスティンが着替えに部屋に戻っているあいだ、デレクは授業内容やクリスティンの成績のことを矢つぎ早に校長にたずねた。

ほんとうに関心があるみたい。カレンは苦々しく思った。

だが彼の熱心な顔つきを見れば、誰でもそう信じてしまうだろう。確かにクリスティンを訪ねるという配慮には、思いやりが感じられた。

クリスティンはとっておきのドレスで現れた。そして駐車場で車を見ると、またもや感嘆の声をあげ、デレクのエスコートでまるで王族の馬車にでも乗りこむように、うやうやしく後部座席に身を収めた。

デレクは学校から車で五、六分のレストランにふたりを案内した。家族経営のイタリアン・レストランで、すばらしくロマンティックな店だった。料理もおいしく、サービスも申し分ない。

デレクの外見のよさと洗練されたマナーに、クリスティンはすっかり魅了されていた。彼は努力してそうしているのではなく、天性の魅力で人をひきつけてしまう。自分のことはあまり話さず、デレクはクリスティンの学校生活や趣味に話題を向けた。

「ひとつだけ悩みがあるの」デレクにうながされるままに、楽しそうにしゃべりつづけていたクリスティンが表情をくもらせ、ワイン・グラスのふちをいじっている。デレクはおかわりはと聞きもせずに、そのグラスにワインを注《つ》いだ。そういった態度がどれほどデレクの株をあげるかが、カレンにはよくわかっていた。彼はクリスティンを大人として扱っている。彼女ぐらいの年代の女の子を、これ以上喜ばせることはない。

「なんだい?」デレクはカレンの肩先を軽く指でたたいていた。この夜彼はずっと、ふたりが愛しあって結婚したようなふりをしている。カレンに対してこの上なく、やさしさと気くばりを見せていた。

はた目にも気づくほどの、熱いまなざしを注ぐ。その目ははっきりとこう告げていた。きょうからきみはぼくの妻だ。一刻も早くきみをベッドに連れていきたい。

「男の子のことなの」クリスティンは姉のほうを見た。「旅行に発《た》つ前に姉さんに話したでしょ?」

「ええ」

「彼から連絡がないの。もうずっとないんじゃないかしら」

「そいつはばかだよ」デレクはきっぱりと言いきると立ちあがり、テーブル越しにクリスティンのおでこにキスした。「悩んでるときはいつでも訪ねておいで。いいね?」

「そうするわ」クリスティンは幸せそうに答えた。

「さて、ちょっと失礼して、ぼくは電話をかけてくるよ。すぐ戻るから」レストランの戸口へ向かう前に、彼はまた、カレンに官能的な視線を送った。

頬がかっと熱くなり、そのほてりを隠そうと、カレンはグラスに揺れるワインを見つめた。

待ちかまえていたようにクリスティンが身をのりだしてきた。「ねえ、彼ってベッドでもすごく素敵なんでしょう?」

10

「知りたいのよ。愛しあったことがないなんて嘘《うそ》ついてもだめよ。彼の姉さんを見る目でわかるわ。いまにもかじりつきそうなんですもの。ねえ、うっとりした?」

カレンはなんとか笑顔を作ろうとした。ほんとうにデレクに愛されていて、その喜びをクリスティンと分かちあえたら、どんなに幸せだろう。「あなたは実際に彼を見たでしょ。どう思う?」

「すごいわ! とびきりハンサムね。寮の女の子たちなんて、彼を見たら死んじゃうわ。ほんとよ。体つきも素敵。背が高くてたくましくて、映画スターも顔負けね。髪も気に入っちゃった。ああ、カレン、彼って魅力がありすぎて……」クリスティンは言葉が見つからず、両手をひらひらさせてみせた。「彼がわたしの義理の兄さんだなんて! すごい! まだ信じられないわ。それにあの車! ものすごいお金持ちなんでしょ?」

「クリスティン!」

「でしょうね。彼はアラブ人とのハーフなの。アリ・アル・タサンって名前もあるのよ。

お父さまはアミン・アル・タサン首長なの。聞いたことある？」

クリスティンは目を丸くした。「あの石油王の？　大統領と友人の王様？　あのアル・タサン？　冗談でしょ？」

カレンは首を横に振り、できるだけかいつまんでデレクの生いたちを、いや自分の知っていることだけを説明してやった。「彼はワシントンＤＣにマンションを持っているんだけど、わたしたちはこれからバージニアの彼の農場に向かうことになってるの」

「きっと世界中に家を持ってるのね」

「そうかもね。よくわからないけど」

「ねえ、旅行なんかもできるのかしら。カレン、すごいわ！　ねえ、わかってるの？　わたしたちの人生が一変するのよ」

「なりゆきに任せるしかないわ」いまクリスティンを失望させるには忍びなかった。離婚が決まったら、そのときになにもかも打ち明けよう。いや、単にデレクとはうまくいかなかったというほうがいいのかもしれない。

デレクがテーブルに戻るとほどなく、三人はレストランをあとにした。学校の戸口で、クリスティンはデレクを抱き締めて言った。「姉さんを幸せにしてくれてありがとう」

デレクは笑いながら、彼女の髪をくしゃくしゃにした。「ぼくのほうこそ」百ドル札をクリスティンの手に押しつける。「これはお小遣いだよ」

カレンはいったんは断ろうとしたが、思いとどまった。離婚以来、クリスティンには十分なお小遣いをやることもできなかった。ずいぶんつらい思いをしてきたにちがいない。デレクには百ドルなんてはした金だ。それでクリスティンが新しいドレスでも買うことができるなら、べつに反対することもないではないか。

「ありがとう！　お金があるって素敵ね、カレン」

「クリスティン！」

「だって、そうじゃない？　もう貧乏暮らしとはおさらばね。姉さんも働かなくていいんだし。そうだ、カレン、また彫刻を始められるじゃない！」

「おやすみなさいを言ってさっさと中に入りなさい。校長先生が探しにみえるわよ」カレンは話題を変えたかったし、クリスティンがデレクの大盤ぶるまいに慣れてしまうのも怖かった。

三人は別れの挨拶《あいさつ》を交わし、デレクはクリスティンにバージニアの自宅の住所と電話番号を教えた。

「コレクトコールにしてもいい？」冗談を言えるほど、すでにクリスティンはデレクになついていた。

デレクは彼女の鼻をつまんだ。「そうくると思ってたよ、ちゃっかり屋さん。いつでもかけておいで。必要なものがあったら、言うんだよ。約束するね？」

「約束するわ」

　車のシートに身を沈めると、たちまちカレンのまぶたは重くなった。「クリスティンにやさしくしてくれてありがとう。妹は愛情に飢えてるの。わたしが無理してあの学校に入れたんだけど。クリスティンには最高の教育を受けさせるって、母に約束したものだから。身寄りはウェイドとわたしだけだったの。わたしたちの離婚は、クリスティンにもかなりショックだったと思うわ。ごめんなさいね、あの子ったら正直すぎて。いつも思ったことをそのまま口にしてしまうの」

「そういう正直さは、むしろほめてあげるべきだよ。姉さんのほうも少しは見習ってもらいたいね」

　カレンは座りなおし、鋭い視線をデレクに向けた。「わたしになにをお望みなの？　あなたの体つきが素敵だって言えばいいのかしら」

　デレクは笑った。「彼女がそう言ったのかい？」

「全寮生を代表する彼女の意見によれば、映画スターも顔負けだそうよ」

「すごいね！」

「そうも言ったわ」

「えっ？」

「すごいって言ったの」

「やれやれ」

町はずれに来ると、デレクは車を高速道路に乗りいれた。

「疲れてるみたいだね」

「FBIの捜査官にベッドからひきずりだされたのが、遠い昔のように思えるわ」

デレクの表情がくもった。「さぞかしびっくりしたんだろうね」

「ええ。二度とごめんだわ」

彼はそっとカレンの頬に触れた。「幌《ほろ》を下ろすから、家まで眠っていくといい」

家。その言葉には永遠のイメージがあった。温かく安全でしっかりと閉じた輪。だがこれから行くのはカレンにとって家ではない。はじめから、仮の宿と決まっているのだ。

「さあ、シートの背にもたれて眠るといい。着いたら起こしてあげるから」彼はカレンの唇に軽くキスした。

疲れきって言い争う気にもなれず、カレンはゆったりとシートに身を委《ゆだ》ねると、静かに目を閉じた。エンジンの規則正しい振動が、彼女を眠りへと誘《いざな》う。

デレクの感触が唇に残っていた。彼のコロンの香りが頭を満たしていた。温かくたくましい肉体が、かたわらに寄りそっている。彼の体は……ほんとうに……素敵だ……。

「カレン」

頬をかすめる柔らかな唇の感触に、カレンは目を開け、体をぴくりと動かした。でもまだ眠っていたかった。

「ダーリン、着いたよ」耳元でささやく声がする。「カレン」

「ううん？」

「歩けるかい？」

「ううん」

くすくす笑いが聞こえたかと思うと、カレンはたくましい腕に抱きあげられていた。デレク。

胸元に彼の厚い胸を感じる。ふたりの鼓動がひとつに溶けあっているようだ。けだるい腕を彼の首にまわす気力はなかったが、頭を彼のあごの下にもぐりこませた。デレクの首は温かい。カレンはそこに唇を押しあてた。重い片目を開けると、『風と共に去りぬ』に出てくるような、広々とした階段が目に入った。だがそれもつかのま、また自然とまぶたが閉じてしまう。片手をデレクの胸にあて、カレンは身をすりよせた。

デレクに身を委ねてはいけない。心の奥でかすかにつぶやく声は弱々しく消えてゆき、彼のたくましいぬくもりに浸った。

デレクは階段を上り、廊下を抜けていく。部屋に入ると、明かりが薄暗くなった。カレンは目を閉じたままだったが、まぶたでそれを感じた。ベッドに横たえられてはじめて、目を開いた。上方に天蓋《てんがい》が見える。

「ほんとうにもうご用はございませんか?」

「ああ。ありがとう、デイジー。彼女の面倒はぼくが見るから。遅くまで起きていてもらって、すまなかったね。おやすみ」

「おやすみなさいませ」

声は聞こえているものの、カレンはまだ半ば夢見心地だった。ドアが静かに閉まると、部屋は静まりかえった。

デレクがベッドの端に腰かけたので、カレンの体が沈んだ。彼はやさしく彼女の頰を撫《な》でた。「かわいそうに。こんなに疲れきって」

そっと額にキスして顔をあげると、カレンの口元に微笑《ほほえ》みが浮かんでいる。デレクは人差し指で、唇の両端に触れた。残念なことにカレンは、彼のやさしい表情を見ることができなかった。まぶたはすでに閉じていたのだ。

片手をカレンの首にあてがって頭を持ちあげると、デレクはシニョンのピンを抜いた。豊かなハニーブロンドの髪を手に取り、指でやさしく梳《す》く。ドレスのファスナーを下げてから、頭をベッドに戻した。

レースのブラジャーに包まれた美しい乳房にできるだけ目をやらないようにして、ドレスを脱がせる。靴はきちんとベッドの下に並べておいた。デレクは少しも急ごうとしなかった。

丈の短いスリップは高価なものではない。ナイロン製だ。それでも裾《すそ》飾りのレースが女らしい。金色の髪を王冠のように広げて横たわるカレンは、息をのむほど美しかった。乳房が呼吸に合わせて静かに上下する。女らしく、か弱く、守ってやらずにはいられない。

彼女の姿にデレクの男性が熱くなったが、欲望を抑え、ペチコートに手をかけた。

華麗な女性遍歴のせいか、デレクは女の下着にショックを受けるようなことはほとんどなかった。それでも、ガーター・ベルトとストッキングを目にしては、驚かずにいられなかった。パンティストッキングだとばかり思っていたのだ。彼女のこの秘密の優雅な趣味に喜ばずにいられなかった。彼の花嫁にはじつにさまざまな顔がある。そのひとつひとつを発見していく楽しみに、胸が騒いだ。

デレクはじっとカレンを見つめた。彼女はほかの女とは違う。彼女にはいつも驚かされ、怒らされ、興奮させられる。彼女に会って以来、退屈なことがない。こんなことは生まれてはじめてだった。

器用な手つきでガーターをはずすと、ゆっくりとストッキングを下ろしていく。しなやかな腿から形のいい膝、ふくらはぎ、細い足首へと。

ジャマイカではこの脚をすみずみまで自分の唇で確かめた。内腿の柔らかさを舌がおぼえている。感じやすい膝の裏にキスすると、カレンは欲望にもだえた。ふくらはぎを噛《か》み、足の裏にキスし、足の指をふくんだのだった。

鮮やかによみがえる記憶がいまいましい。それはデレクのズボンのふくらみを大きくした。

もう一方のストッキングを手早く片づけると、デレクはカレンのヒップの下に手をすべりこませ、ガーター・ベルトをはずした。このレースとサテンの布切れににっこり微笑みかけ、それを脇《わき》にほうった。魅惑的なディオールの下着に身を包んだ女たちを相手にしてきたのに、こんなにも女性の下着を楽しんだのははじめてだ。

カレンのビキニのラインの上を、小さなパンティがおおっていた。その下の日に焼けていない白い肌を、唇でなぞってみたい。レース越しに……ああ……三角形の繁《しげ》みが透けて見える。

ビキニのブラのほうは、かすかにしかあとがない。あの夢のような日々の後半、彼女がトップレスで日光浴をしていたせいだ。

再びカレンの背中の下に手を入れ、ブラジャーのホックをはずした。彼女の目を覚まさずにすんで、ほっとため息をもらした。

ブラジャーを取ろうとすると喉元に乳房が触れた。デレクは一度きつく目を閉じてから、またそっとまぶたを開き、妻を見た。丸みを帯びた美しい乳房。眠っているのに乳首がぴんと突きでている。彼はその色も肌ざわりも味も知っている。唇がうずいた。

だめだ。いまなにかすれば、完全にカレンの信頼を失ってしまう。だが、いま触れないと、狂い死にしてしまいそうだ。デレクは指先で、サテンのようなうなじをそっと撫でた。

「デレク」

寝言にすぎなかったが、びくっとして、カレンの首にそっと手をあてた。「ああ、なんだい？」

カレンは背中をのけぞらせ、けだるそうに体を伸ばした。

デレクの全身を血が駆けめぐる。もう理性で体を抑えきれそうもない。誘惑から逃れるか屈するか、ふたつにひとつだ。いずれにせよ、こんなふうにベッドに腰かけて冷や汗をかいているなんてばかげている。

欲望を抑えることに、彼は慣れていなかった。こんな思いは経験したこともない。聖者の一員に加えてもらってもいいような気がした。

カレンの手が、なにかを求めるようにベッドの上をせわしなく動く。デレクの腿を探りあてると、手の動きがぴたりと止まり、彼女はまた彼の名前をつぶやいた。

それがきっかけとなってデレクの情熱はほとばしった。彼は両手で彼女の頭を包んだ。

「カレン、ぼくのベッドにいるきみは、すごくきれいだよ」

そしてカレンにキスした。はじめは唇を重ねただけだった。それからほんの少し押してみた。カレンが抵抗の悲鳴ではなく満足のため息をもらすと、唇の動きはもはや止まらなかった。

たまたまカレンが口を開いた。デレクは彼女の甘い息を存分に吸いこんでから舌を入れた。舌先で歯をなぞり、柔らかな口の奥を、さらに奥を愛撫《あいぶ》していった。

カレンが甘くうめいた。彼女の手がデレクの腿からウエスト、胸から首へと這《は》いあがってくる。彼女は体をのけぞらせ、デレクを抱きよせた。

口ではどう言おうと、カレンはデレクがほしいのだ。潜在意識に支配されているいま、全身で彼を求めている。ベッドをともにするのを拒んだのは、強情を張っただけだ。その強情さをかなぐり捨てさせてみせるとデレクは誓った。

デレクの手が欲望に高まった乳房を探りあてた。カレンのあえぎが、愛撫する手をさらにかりたてる。

「カレン、カレン、どうしてぼくを拒んだんだ？　どうして自分自身を拒んだんだ？」

デレクは顔をあげ、答えを求めるようにカレンを見つめた。彼女の目は閉じたままだ。

ふいに彼女は大きく口を開けてあくびをし、枕《まくら》に深々と顔を沈めた。

デレクは声をあげて笑った。「キスで女を眠らせたのははじめてだ」それから立ちあがり、カレンにシーツを掛けてやった。彼女は美しい。彼はひとりつぶやいた。「堕《お》ちた天使」と。

彼の体は燃えていた。カレンを愛したくてたまらない。だが、無理強いはしないと約束した以上、がまんするしかない。でもカレンのかたわらで眠り、ひと晩中彼女を抱き締めているだけなんて……。

いや、いいじゃないか。カレンは自分の妻だし、ここは自分の家で、自分のベッドなのだ。機会はいくらでもある。

デレクはすばやく服を脱ぎ捨てると、窓を開け、ほのかに秋の気配を感じさせる風でほてった体を冷やした。

しかしそれも、あまり効果はなかった。ベッドにもぐりこむとすぐ、カレンがぬくもりを求めて身を寄せてきた。デレクの体に脚をからめ、いちばん感じやすい部分に腰を押しつけてくる。彼はまたもや熱くなった。

開けはなった窓からふりそそぐ日射《ひざ》しに、カレンは目を覚ました。腹這いになり、すっきりした目で、ふとあたりを見まわす。

彼女は天蓋つきのベッドに寝そべっていた。ベッドと同じく、部屋にある家具はいずれも二世紀も前のものだ。磨きあげられた木の床には、オービュソン織りの絨毯《じゅうたん》が敷いてある。そのしぶい色合いは、パステル調の部屋の装飾によく合っていた。

思いきり伸びをした。とても気分がいい。あんな一日を過ごしたあとだというのに驚きだ。肘をついて上体を起こすと、カレンは自分の枕のすぐそばにもうひとつ枕があるのに気づいた。手刺繍《ししゅう》で飾られたカバーのふちが重なるほどの近さだ。そういえばベッドのシーツも、カレンの脚が届く位置よりもはるか遠くまで、くぼんでしわが寄っている。デレクが一緒に眠ったのだ。

カレンはパンティ一枚だった。ベッドのまわりの床に散らばっている衣類に気づいたちょうどそのとき、ドアが開き、小肥《こぶと》りの女性が銀のトレーを手にあたふたと部屋に入ってきた。

「まあ、おはようございます！　お目覚めでしたのね、よかったわ。お会いしたくてたまりませんでしたのよ、ミセス・アレン。デイジー・ホランドと申します。どうぞデイジーとお呼びください」

カレンはあわててシーツを胸元まで引きあげ、はにかみながら挨拶を返した。デイジーはベッドサイドのテーブルにトレーを置くと、散らばった衣類を平然と集めはじめた。

「あの方は、ほかのことはとてもきっちりしていらっしゃるのに、洋服だけはいつも脱ぎっぱなしで」彼女はカレンの下着までおかまいなしに集めていく。カレンは弱々しく微笑んだが、彼女のほうはそんな恥じらいにも気づかず、てきぱきと部屋を片づけながら陽気におしゃべりを続けている。

「お嫁さんを連れて帰るってお電話があったときには、正直言って信じられなかったんですよ。時間も時間でしたし。あなたに会いたくてきのうの晩はずっと起きて待っておりましたの。でもここにお着きになったときには、お気の毒にあんなにぐったりと疲れきったごようすで。デレクさまったら、わたしにお顔を拝見するひまも与えずに、すぐ二階にお連れになって。お洋服もわたしがお脱がせするというのを、あなたの面倒は自分が見るからって。もう、まるでお人形でも扱うように」

「デレクはいまどこにいるんですか？」

「馬に乗っていらっしゃいます、毎朝の日課で。あなたの用意が整ったら、一緒に朝食をとるからとおっしゃってました。コーヒーをお持ちしましたけれど、お好きなだけお休みになっていいんですよ」

「いいえ。もう目が覚めましたから」デイジーが隣の部屋にちょっと姿を消したすきに、カレンはベッドを抜けだし椅子に掛けてあったローブを羽織った。

戻ってくるとデイジーはさっそく口を開いた。「今朝早く衣装部屋にあったお荷物をほどいておきました。見あたらないものがありましたら、いつでもお呼びください。さあ、コーヒーをお入れしましたので。ミルクとお砂糖はどうなさいます？」

カレンはとまどっていた。生まれてこのかた、召使いなど持ったこともない。ましてこの気恥ずかしい状況で、いったいどう振舞えばいいのか、見当もつかなかった。

三十分後にカレンが階下に下りたときには、デイジーとのあいだに契約が成立していた。

カレンは自分のことは自分でできるからと丁重に説明したが、ほんの少しならデイジーが世話を焼くのを許すことにした。カレンこそ、この家が長年待ち望んでいた女主人なのだから、というのがデイジーの言い分だった。

「この美しいお屋敷には、女性とお子さんが必要なんですよ。デレクさまには百ぺんもお話ししてきかせたんですが、やっと耳を貸してくださいました。まあ、きれいなおぐしだこと。まるで天使のよう。悪魔のようなデレクさまにはまったく理想的ですわ。あら、まあ、悪く取らないでくださいませ。ただ、あの方の、あの……」

「ええ、わかってますわ」カレンはにっこり微笑んだ。

カレンは間取りを頭に入れておくために、屋敷をひとめぐりすることにした。二階には、カレンが眠った部屋以外にバスルームと衣装部屋を共有する続き部屋もあった。

再び階下に下りたら、キッチンの場所がわからず、立ち止まってあたりを見まわした。

「迷子になったようだね」天井が二階ほどの高さもある堂々とした玄関ホールに、デレクが入ってきた。「きみをベッドから引きずりだしにいこうとしてたんだよ、お寝坊さん。すばらしい天気だし、農場を案内したくてね。ぐっすり眠れたかい？」

ためらいもなくカレンに歩みよると、デレクは彼女を抱き締め息も止まるようなキスをした。

「おはよう」口元でそっとささやく。

そっけない態度に出るつもりだったのに、カレンは体も声も震えてしまった。「おはよう」

彼はゆったりとした白いシャツを胸元まではだけ、カーキ色の乗馬ズボンをはいている。こんなに見事に乗馬ズボンをはきこなす人は、ほかにはいないだろう。

膝まで届く茶色のブーツは、きれいに磨きあげられ、乗馬ズボンの内腿には革があててある。風に髪を乱し頬を赤く染めたデレクは、ことのほか魅力的だった。

グランドピアノと大理石の暖炉のある広間を抜け、ふたりは王侯貴族ならくつろいだ気分になれそうな堂々とした食堂に入った。カレンは歴史的な建築物に指定されている大邸宅を見学したことはあるが、これほど豪華な内装の屋敷を見るのははじめてだった。

「朝食はいつも軽くすませるんだ。果物とクロワッサン程度でね。卵やワッフルがほしかったら……」

「いいえ、これだけで十分。おいしそうだわ」カレンは長いテーブルの端、デレクと向かいあう席に導かれた。テーブルの中央には美しい花が生けてある。

そしてカレンの席には一輪の赤いばら。

デレクはその花を手に取ってキスすると、カレンに差しだした。「わが家へようこそ、カレン」

カレンはばらを受け取り、なんとなく口元に持っていった。まるでデレクのキスを逃すまいとするように。「ありがとう」

　食器類も高価なものばかりで、カレンにはとてもデレクのようにぞんざいに扱うことはできなかった。彼は大皿からフルーツを、パンかごからはホームメイドの焼きたてのパンを、適当に取りわけてくれ、銀のポットの熱いコーヒーを注《つ》いでくれた。しばらくのあいだ、ふたりは静かに朝食を味わった。

「カレン、馬には乗れるかい？」

「ええ。乗ったことはあるわ。ずいぶん前だけど」

「よかった」デレクがにっこりした。「一頭きみのために選んであるんだ。気に入るといいけど。ムスタファはぼくが長いあいだ留守にしていたんで落ち着きがなくてね。今朝はたっぷり遊んでやった」

「ムスタファ？」

「ぼくの馬さ。あとで会わせるよ。やつは……」

「あなた、きのうわたしと一緒に眠ったでしょ」

デレクはナイフを持った手をはたと止め、いどむようなまなざしでカレンを見かえした。

「ああ」

「約束したのに」

「抱かないって約束しただけさ」

カレンは息をのんだ。「信用していいのかしら。わたし、車で眠ってしまって、そのあとのことはなにもおぼえてないわ」

「ぼくがきみを二階に運んだのは？」

「ぼんやりとだけ」

「服を脱がせたのは？」

「おぼえてないわ」

「下着を取ったのは？」

「知らないわ」

「触れたのは？」

「知らない」

「キスしたのは？」

カレンの鼓動は乱れた。「知らない」

「きみがキスを返してきたのも？」

「そんなことしないわ」

デレクはもの憂げな微笑みを浮かべた。「したとも。それもかなり情熱的にね」

カレンの頬は、かたわらに置いたばらと同じくらいまっ赤になった。「わたしを抱いたの？」

デレクは身をのりだした。「頭の中だけでね。体のほうは欲求不満のかたまりさ。やっとのことで自制したんだ。これ以上そのことでくだくだ質問すると、どうなるかわからないからね」

カレンが顔を伏せると、デレクはさっと話題を変えた。

「さっきの話の続きだけど、きょうはきみを連れて農場をひとまわりするつもりだ。さしあたっては、その格好で馬に乗ってもらうよ」彼はカレンのスラックスと薄いセーターに目をやった。「でも、すぐに乗馬服を揃《そろ》えてあげよう」

カレンはどうしてわざわざ、とたずねたかったが、やめておいた。デレクはわからないことはなんでもデイジーに聞くようにと言っていた。

「慣れるまでに時間がかかりそうだわ」

デレクはカレンの手を取って立ちあがらせた。「新婚夫婦っていうのは、みんなそんなものさ」

「結婚生活のことだけじゃないの。なにもかもよ。毎朝ラッシュアワーの電車に揺られて職場に通っていた人間にとって、家政婦に起こしてもらってベッドでコーヒーを飲むなんて、まるで小説の世界なの」

デレクはすばやくカレンの唇にキスした。「きみならきっとうまくやれるさ」ふたりは、きれいに刈りこまれたつげの木が半月形を描く車道に出た。デレクは屋敷の右手の馬小屋へ向かおうとする。

「ちょっと待って」カレンは笑いながら彼の手を引っぱった。「まず屋敷の外観を見ておきたいの」

デレクは誇らしげにカレンのかたわらに立った。カレンのほうはジョージ王朝ふうの邸宅に目をまるくしていた。色あせた赤煉瓦《れんが》が重厚な趣を添えている。正面の窓はすべて出窓で、朝の光にきらきらと輝いていた。

北側の壁は蔦《つた》におおわれている。五つの破風型の窓がついている急勾配《こうばい》の屋根には煙突が二本そびえている。母屋は三階建てで、両側に二階建ての棟が続いていた。

「美しいわ」

「そうだろう。ひと目見て気に入ったんだ」

「はじめからこんなふうだったの？」

「いや、ひどく荒れていた。何年もかかって、やっとここまで修復したんだ」

「見事ね。すばらしいわ。ねえ、あれがブルーリッジ山脈？」

「ああ。ここはシャーロッツビルから三十キロほどの、アルバマール郡だよ」

土地もまた、屋敷に劣らず壮観だった。あたり一面をおおう芝草と点在する大樹。はるかかなたに見える白い柵《さく》は、見渡すかぎりどこまでも続いている。一方の果てには畑が広がり、もう一方には木におおわれた丘。そしてもう一方は青々とした牧草地で、緑の草がエメラルドの海のように波打っている。

カレンは無言のまま、体を一回転させてもう一度全景を見渡した。そしてデレクを見上げると、怒ったような口調でつぶやいた。「これが農場だというの?」

11

デレクは笑いながらカレンの肩に腕をまわした。「気に入ったって言ってくれてるんだろ」

デレクが案内した馬小屋はさしずめ、馬のための豪華ホテルといったところだ。大勢の男が胸のポケットに紋章を刺繍《ししゅう》したお揃《そろ》いのシャツを着て、かいがいしく馬の世話をしている。カレンは言葉もなく、じっとその光景を見つめていた。

「この農場の第一の仕事は、アラブ馬の飼育だ。その話はしなかったかな?」カレンのびっくりした顔に気づいてデレクが言った。

「あなたは少し馬も育ててるって言ったのよ」

この美しい馬たちを育てるには途方もないお金がかかることは、見ただけでわかった。この広大な馬小屋にいったい何頭の馬がいるのか、数えてみる気にもなれない。

ふたりが小屋を出ると、飼育係が二頭の馬を引いてきた。馬は息をのむほど高貴で美しかった。毛はサテンのように輝き、尻尾《しっぽ》はぴんとあがってからたれている。黒いひづめは磨きあげられ、細長い顔には気品があり、小さな耳がぴんと立っている。よくブラシのかかった豊かなたてがみはつややかで、目には賢そうな光があった。

デレクは黒い種馬に歩みよると、やさしくあごを撫《な》でてやった。「カレン、これがムスタファだよ」馬が頭をさげて挨拶《あいさつ》する。

カレンは圧倒されてしまった。「すばらしい馬ね、デレク。アラブ馬のことはよく知らないけど、まさに文句のつけようがないわね」

「去年こいつは最高の賞を取ったんだ。ムスタファというのは神に選ばれた者って意味なんだ。ぴったりだろう」デレクは馬の鼻づらを軽くたたいた。「そしてこれが」飼育係から、銅色の雌馬の手綱を受け取った。「ザリファ、優雅な人って意味だよ。きみの馬だ」

「わたしの！」カレンは叫んだ「でも、わたしには……」

「気に入らない？　ほかの馬にしようか？」

「いいえ、そうじゃなくて……つまり、わたしはこんな高価な馬に乗るほどの乗馬の腕はないの」だんだん声が小さくなる。

デレクは例によって大声をあげて笑ったが、馬たちはどうやら慣れっこになっているらしく、ぴくりともしない。「じゃあ、馬にふさわしい乗り手になれるよう、せいぜい腕を磨けばいいさ。さあ、馬たちが乗ってもらいたくてうずうずしてるよ」

デレクの手を借りてカレンは鞍《くら》にまたがり、昔サマーキャンプで教わったとおりに手綱を手にした。

　デレクが先に立ち、近くの森へと続く曲がりくねった乗馬専用道を進んでいく。カレンと馬の心はすぐに通いあった。ザリファはその名にふさわしく、バレリーナのように優雅に歩を進めた。

「調子はどう？」三十分ほどたって、デレクが問いかけてきた。

「すばらしいわ。大好きになったわ」カレンは身をかがめ、馬の首を軽くたたいてやった。

「でもムスタファとあなたは、いつもはこんなにおとなしくしてるわけじゃないんでしょう？」

　デレクはにやりとした。「ジャンプしてみるかい？」

「とんでもない。でもあなたがするところを見てみたいわ。ねえ、やってみて」

　デレクが口を鳴らしただけで、ムスタファは地面を蹴《け》りあげギャロップの体勢に入った。またたくまに、デレクと馬の姿は草原のかなたに遠ざかっていった。

　ムスタファのたてがみがなびき、揺れる尻尾はまるで炎のようだ。デレクも髪を風に流され、美しい横顔をさらして草原を駆けぬける。馬と人は一体となり、楽々と柵《さく》を飛びこした。一瞬その姿は重力から解きはなたれ空中に浮かんだかのように見えた。

　それはアラブ馬にまつわる、神秘的な古代の伝説を思わせる光景だった。着地すると、ムスタファは自分が現実の存在であることを誇示するように、力強くひとくれの土をひづめで蹴りあげた。

デレクが柵をまわって戻ってくるのを、カレンは笑顔で待っていた。「お見事ね」皮肉っぽいが感動がうかがえる口調だった。

「きみにも教えてあげるよ」

彼女は首を振った。「まだまだ無理みたい」ここに長くいられるわけではないと思うと、心が痛む。そんな気持ちをまぎらすようにカレンは言った。「ムスタファは空を飛んでるみたいだったわ」

「風をのむ馬」

「えっ？」

「風をのむ馬。アラブ馬はそう呼ばれるんだ」

「すごく詩的な表現ね。でも実際、詩的な動きだったわ」

「ああ、そういう神秘的な雰囲気がアラブ馬にはあるからね。この二頭の先祖は、何世紀も昔までさかのぼることができるんだ。二頭とも貴族の出なのさ」

あなたと同じね、とカレンは言いたかった。「ムスタファがあなたのものになってから、どれぐらいになるの？」

「こういう動物は、自分のものにすることなんてできないのさ。彼の世話を始めてから、そう、もう七年になる。ザリファとのあいだに何頭か子馬も産まれてるんだ」デレクの目がいたずらっぽく輝いた。「彼女はこいつのお気に入りでね」

「でも、お気に入りはほかにもたくさんいるんじゃなくて。一頭にしぼるつもりもないでしょうし」

デレクは長いあいだ、じっと黙ったままカレンを見つめていた。ただ風の音だけが、ふたりのあいだを駆けぬけていく。「さあ、もう帰るとするか」やっと口を開いた。

「ええ。初日から、お尻に鞍のあとがついたんじゃ困るわ」

デイジーが用意してくれた昼食を、ふたりは山が見渡せるテラスでとった。それからデレクは間取り図を持って、カレンが把握できるまで、屋敷の中を案内してくれた。それがすむと、彼は片づけておかなくてはならないデスクワークがあると言った。「もしよければ、アラブ馬に関する本がひととおり揃ってるけど」

「ええ、読んでみたいわ」カレンはデレクのあとにつき、事務室がわりに使われている部屋に入っていった。

デレクが選んでくれた数冊の本を抱え、カレンは革張りの椅子に腰を下ろした。彼のほうは机に向かった。テープレコーダーに手紙を口述し、帳簿を調べ、レシートの山に目を通し、電話を二度かけて、何枚か小切手を切った。

こんなデレクの姿を見るのははじめてだ。馬小屋の周到な運営ぶりから見ても、彼はほかのすべてのことと同様仕事でも几帳面《きちょうめん》にちがいない。いま彼はあごに手をあて、眉をひそめて一通の手紙にじっと見入っている。

　高まるデレクへの愛に、カレンの胸は痛んだ。

　彼は頭をあげて、じっと自分を見つめているカレンに気づいた。「本はどう？　おもしろい？」

「ええ、とっても」ムスタファやザリファは何百万ドルもすることを、彼女は知った。

「アラブ馬を何頭飼っているの？」

「いまのところ三十二頭だよ」

「ほかには？　まだ農場を全部見せてくれたわけではないんでしょ？」

「ああ」デレクは手にしていた手紙をかたわらに置いた。「おもに秋まき小麦を作ってる。あとピーナッツと大豆を少し。煙草《たばこ》の栽培は、数年前に喫煙の害を思ってやめてしまったんだ」彼は立ちあがり、机の端に腰かけた。「ぼくが実際に畑を耕してるわけじゃないんだ。有能な人たちを雇ってやってもらっている。もちろん収益は配分してるよ」

　この広大な土地の経営には、年間何十万ドルもの資金がかかるにちがいない。だが、何百万ドルという利益に比べれば、たいした金額ではない。このような富に、カレンは驚きおびえると同時に、怒りをも感じた。持つものと持たざるものの差がこんなに大きいなんて……。

　一冊の本を手に取り、彼女は立ちあがった。「夕食まで、少し休ませてもらうわ」

デレクはカレンに歩みより、彼女を抱いた。「いいとも。べつにぐあいが悪いわけじゃないよね？」

「ええ。ただ疲れただけ」

「きのうがあんな一日だったんだものね」彼は人差し指で彼女のあごを上向かせた。唇が重なる。カレンの全身はかっと熱くなった。だが、一度軽くキスしただけで、デレクは彼女をはなした。「じゃあ、夕食で」

　昼寝はなかなか効果があった。鏡に顔を映してみると、ずいぶん血色がよくなっている。ちょっとさがって全身を映してみた。なかなかいいドレスだが、これを着てデレクの前に出るのは、もう三度目だ。それもわずか一週間のあいだで。

　デイジーがきちんと整理してくれた、クローゼットの中をのぞいてみた。ジョージタウンに残してきた服を全部運びこんだとしても、彼女のワードローブはいかにも貧弱だった。

　夕食にはきちんとした服装で出なくてはいけないことは、直感的に感じていた。やはりその勘は当たった。広間に入っていくと、スラックスとカジュアルなジャケットに身を包んだデレクが、ひとりピアノを弾いていた。

「きみには白ワインを注《つ》いでおいたよ」ピアノを弾く手を止めずに言った。「なにかほかのものがよければ……」

「いいえ、けっこうよ」ピアノのそばのテーブルに、冷たいグラスが置いてあった。デレクは長椅子の端に寄り、隣にかけるよう無言でカレンにうながした。「ピアノを弾くなんて知らなかったわ」

「母に無理やり習わされたんだ。きみは？」

「母に無理やり習わされたわ」

彼は声をたてて笑いながら、曲を弾き終えた。「ふたりで連弾用のワルツを弾いてみない？」

「いいわ」カレンは両手を鍵盤《けんばん》にのせた。

「ちょっと待って、ガソリンを補給しないと」彼はハイボールをひと口すすり、両手を構えた。「いい？　いくよ」

「待って。ずるいわ、まだ心の準備ができてないもの」

「わかった。もう、いいかい？」

「いいわ！」

曲を三度もくりかえすうちに、テンポはどんどん速くなり、ふたりは声をあげて笑いだした。指がスピードについていけず、メロディもリズムもめちゃくちゃだ。

「やめて、やめて。もう小指が動かないわ」やっとピアノの音が静まると、カレンは頭をのけぞらせて息をついた。

しかしそのため息は、すぐにあえぎに変わった。デレクの唇がすかさず彼女の喉をとらえたのだ。腕をカレンの背中にまわし、うなじにキスしていく。彼女の体はたちまち熱くなった。くずおれそうな体を、デレクのジャケットの裾《すそ》を握り締めて支えた。

「デレク……」

「きみはいい匂《にお》いがするよ。雨のような、すいかずらのような」

ふたりの唇が重なると、カレンは彼の強引な舌を誘うように、かすかに口を開いた。デレクの巧みなキスに、カレンの理性は砕け散った。「おなかはすいてる？」長く熱いキスのあとで、デレクがささやいた。

「ええ」

「じゃあ夕食にしよう」

夕食はたっぷりソースのかかったローストビーフと新鮮な野菜サラダだった。食事はなごやかに進んだ。せっかくの雰囲気をだいなしにするのはいやだったが、カレンにはわだかまりがあった。コーヒーにくるみのパイのデザートを食べながら、彼女はできるだけさりげなく切りだした。「デレク、いままで子どもができたことはないの？」

彼は身動きもせず、答えようともしない。カレンはいたたまれず顔をあげ、彼を見つめた。

「どうしてそんなこと聞くんだ？」

カレンは気まずそうに顔を伏せた。「わたしには関係のないことだし、べつにあなたのプライバシーを侵害するつもりはないの。ただ……あなたはたくさんの女性とつきあってきたんでしょ、だから……」それ以上ははっきり口にすることができず、言葉をにごした。

「ないよ」長い沈黙ののちに返ってきた答えには、誠実さが感じられた。「どうしてそんなこと聞くんだい？」

　こんなことを言いだすんじゃなかった。アカプルコの崖《がけ》から飛びおりるほうがまだましだ。だが切りだした以上、はっきり言うしかない。

「ジャマイカでは……わたしは一応準備していたわ。でも……」この先はデレクに言葉を結んでほしかった。だが彼は身じろぎもせず、じっとカレンを見つめている。「はじめての夜にほんとうに結ばれるなんて、予想もしていなかったの。ねえ、いったい何度あなたは……いえ、わたしたちは……」ふいに怒りがこみあげてきた。「わたしの言いたいことはわかってるはずよ。そんな目で見るのはやめて！」

「妊娠したのかい？」

「違うわ！　ただ、ふたりが予防措置を講じていなかったって言ってるのよ。そうでしょ？」

「確かにぼくは避妊手術なんてしてないさ。ぼくの子どもをみごもるのがそんなにいやなのか？」

「子どもは大好きよ。でもこういう結婚で子どもを産むのは、どうかと思うわ」

「なにも心配することなんてないさ」デレクは身をのりだし、カレンの手を取った。「ぼくの子どもをきみが胸に抱いてるなんて、最高にすばらしい光景だと思うな」

彼はさらに手を伸ばし、カレンの乳房の脇《わき》を撫ではじめた。「きみがあのばからしい条件なんか捨てて……」

おりよく現れたデイジーに、カレンは抱きついて礼を言いたい気分だった。「じゃあ、わたしは失礼するわ。もう少しアラブ馬の本も読みたいし、まだ疲れも残ってるから。きょうは早めにベッドに入ることにするわ」

本を読んでいると、すぐに眠気が襲ってきた。薄暗くなった部屋で、二、三時間も居眠りしていたらしい。カレンは本を置くと、化粧室へ向かった。アスピリンでも飲んで眠るとしよう。

ドアを開けたとたん、その場に立ちすくんだ。淡い光の中、クローゼットの前にデレクがいた。上半身裸で裸足《はだし》、ズボンのファスナーを下ろそうとしていた。

戸口に立つカレンのほうも髪は乱れ、薄いナイトガウン一枚だった。

「ごめんなさい。あなたがいるのに気づかなくて」

「どうかしたのかい？」脱ぎかけたズボンをそのままにして、デレクが心配そうに近づいてくる。

「いいえ。ただ落ち着かなくて、アスピリンでも……」

「すごくセクシーだよ、カレン」デレクは両手を彼女の腋《わき》から背中へすべらせ、ぐっと体を抱きよせた。「信じられないほどセクシーだ」そう言って熱い唇を重ねた。

彼は美しい。彼は男だ。ライムと風の香りがする。そして彼独特の味がする。カレンは激しく彼を求めていた。柔らかい体がかたい体を求めていた。たくましい胸が柔らかな乳房に押しつけられる。あごに触れるひげの感触に、全身を官能の矢が貫く。デレクの舌をきつく吸うと、彼はうめき声をあげ、さらに深く差し入れてきた。カレンは片手をデレクの髪にからめ、もう一方の手で彼の小さな乳首を愛撫《あいぶ》する。

デレクは両手でナイトガウンをめくりあげ、カレンのヒップをとらえると、燃えるようなかたまりを押しつけた。

「がまんできないんだ、カレン。きみがほしい」彼はカレンの手を取り、開いたファスナーの中に押しこんだ。「ぼくがどんなにきみを求めてるか、感じてくれ」

彼の欲望はすでに、コットンのブリーフには収まりきらなくなっていた。そのふくらみに触れると、指が震え、カレンは手を引っこめた。「お願いだカレン、ぼくに触れてくれ」

手のひらが、指先が、おずおずと、そしてしだいに大胆にデレクを探る。

彼はかたく熱かった。

「もっときつく、そう、そうだ、それでいい」カレンの愛撫にそそられて、デレクは狂ったように激しく彼女の口をむさぼる。

情熱の波に打ち負かされて、カレンはもうなにもわからなくなっていた。乳房がうずき、乳首がそそり立つ。彼女の下腹部は欲望に震えていた。

「カレン」デレクがあえぐ。彼の両手が太腿を這《は》いあがり、繁《しげ》みの中の泉を探りあてる。指でまさぐられると、カレンは求めるように拒むようにデレクの名を呼んだ。

やっとのことでデレクから体をはなすと、カレンはふらふらとあとずさりし、濡《ぬ》れて乱れた髪を額からかきあげた。「だめよ」あえぐように言った。「いけないわ」

デレクの胸も乱れた息に波打っていた。「なにがだめなんだ」くぐもった声で言うと、彼は一歩カレンに歩みよった。

彼女はさらにあとずさった。「結婚の条件をのんでくれたはずよ。約束したでしょ！」

「条件なんてくそくらえだ！　きみはぼくの妻なんだ。ぼくはきみがほしいんだ」

だからこそ、カレンは彼を拒絶したのだった。デレクはカレンをほしがっている。カレンは彼を愛している。そこには大きな違いがあった。

カレンの愛は永遠だろう。だが、彼の欲望は？　あすの朝まで？　それとも来週まで？　カレンに飽きれば、彼はあっさりと離婚するだろう。彼女がどんなに深く傷つくかも知らずに。彼を愛し、すべてを与えたのちにあきらめるなんてできない。カレンは二度とそんな思いをするのはごめんだった。

「無理強いはしないって言ったわ」怒りをみなぎらせてデレクがじりじりと近づいてくる。

カレンは力ずくで奪われるのを恐れているわけではなかった。意志をくじかれるのが怖かったのだ。

デレクはいきなり、息も止まるほどきつくカレンを抱き締めた。彼女のあごを両手で包み、頭をのけぞらせる。彼の瞳は、暗闇《くらやみ》に光るめのうのようだった。

「ぼくがすべきことは」抑制された口調に、カレンはいっそうおびえた。「きみを素っ裸にして脚を開かせ、ばからしくもきみが自分を偽って拒んでいるものを受けいれさせることだろう。きみが無我夢中になり、ぼくを求めてすすり泣くまできみを抱きつづけることだろう。だが、そんなことをしたら、きみを満足させる前に、こっちがうんざりしてしまう」

急にデレクが体をはなしたので、カレンはよろめき、そばのテーブルで体を支えた。彼は後ろ手に音高くドアを閉めた。

その夜以来、ふたりの関係は緊張を強めた。デイジーやほかの使用人たちの前では穏やかに振舞っていたが、ふたりきりになると気まずい沈黙が続いた。

デレクはもう必要なとき以外には、カレンに触れなくなった。毎朝食事のあと馬に乗ることだけは強く勧めた。カレンの乗馬の腕を磨くためというのが彼の言い分だったが、彼女にはむしろ、体面を保つためのように思えた。

甘い言葉もちょっとしたキスもなくなった。長く激しいキスなど論外だ。デレクはまっ白やましいそぶりは見せなくなったものの、気前のよさは相変わらずで、手に無理やりキーい最新型のスポーツカーをプレゼントしてくれた。

「きみにも交通手段は必要だからね」カレンが辞退しても受けつけず、手に無理やりキーを押しつけると、さっさと馬小屋に姿を消してしまった。

次は洋服だった。デイジーに呼ばれて玄関ホールに出ると、耳の後ろに鉛筆をはさみ、首にメジャーをぶらさげた銀髪の女性に紹介された。試着のために二階に運びこまれたおびただしい数の衣類は、高価なものばかりだ。

「六号でよろしいですね？」お針子がたずねる。彼女はデレクが洋服を注文したブティックから派遣されてきたのだった。

「い、いいのかしら？」カレンは平然と立っているデイジーの顔をうかがった。

どの洋服もぴったりだし、センスも申し分ない。だがその質と量からいって、かなりの金額になるだろう。

さっと進みでてデイジーがささやいた。「カレンさま、まだ足りないくらいですよ。デレクさまからあなたのクローゼットをいっぱいにするよう申しつかっておりますのよ」

お針子が帰るときには、アクセサリーと衣類がひととおり揃っていた。ほんの二、三、補整の必要なものだけが、あとから配達されてくることになった。

翌朝、カレンは子鹿《こじか》色の乗馬ズボンと白いシルクのシャツ姿で馬小屋に現れた。柔らかな革の乗馬用のブーツはぴかぴか光っている。髪はポニーテールにして、黒いベルベットのリボンを結んでいる。キッドの手袋もぴったりだった。

「確かに少しはましになった」デレクがそっけなく言った。

乗馬用のむちでひっぱたいてやりたい気分だったが、カレンはザリファのたてがみをつかみ、ひとりでひらりとその鞍にまたがった。頭をさげ、馬を速く走らせる。低い柵が近づいてくると目をきつく閉じ、無事に飛び越すまで開こうとしなかった。

デレクはムスタファを走らせて追いつくと、ザリファの手綱をつかんで馬を止めた。

「首を折るところだったぞ!」腹立たしげに叫んだ。

「わたしにジャンプさせたがってたんじゃないの」カレンも叫びかえした。

「それならちゃんと練習を積むんだな」

「じゃあ、がみがみ言ってないで教えてよ」

こうして、練習が始まった。

だがそれも、そんなに時間を取るものではない。あとはただ一日中、うろうろと家の中を歩きまわり、退屈しのぎになるものを探すだけだ。

ある日の午後、カレンは屋根裏部屋へと続く階段を上ってみた。ドアを開けると、中はほこりだらけだった。

屋根裏部屋は板張りで、天井は斜めになっているが、大人が立ったまま歩けるだけの高さがある。屋敷で使われていないのはこの部屋だけだった。

こっそりデイジーの道具部屋に忍びこむと、カレンは掃除道具一式を持ちだして、屋根裏部屋に向かった。

一時間ほどたって、突然背後でいらだたしげな声が響いた。「いったいなにをしてるんだ？」

ふりかえると、戸口にデレクが立ち、その後ろでデイジーがすまなそうに身をすくませている。「お知らせしないわけにはいかなかったんです、カレンさま。あなたがここで掃除なんかなさいますと――」

「もういい、デイジー」デレクが怒鳴った。デイジーはふたりを残して階段を下りていった。窓から射《さ》しこむ日射しに、ほこりが光っている。

カレンはほうきの柄にもたれ、いどむようにデレクをにらみつけた。髪をスカーフで包み、鼻のてっぺんは黒く汚れているが、その姿はとてもかわいらしい。デレクは抱き締めればいいのか膝にのせてお尻をぶてばいいのか、わからなくなった。

「どうなんだ？」

「なにをしてるように見えて？　ここを掃除してるのよ」

「カレン、掃除なら人を雇ってやらせる。妻にそんなことはさせたくないね」

「あら、あなたの奥さんには必要なことかもよ。自分の食費だの、車だの、洋服だのの分を、働いて返したいと思ってるかもしれないでしょ」

デレクはドアにもたれていたが、ゆっくりと体を起こした。怒りを隠そうとするとき、彼のしぐさはいつも緩慢になる。「どういう意味だ？」

「こんな暮らしはわたしには向かないってこと」

「こんなって？」

「こんな贅沢《ぜいたく》よ。デレク、わたしはずっと働いてきたわ。あなたみたいにお金をばらまいて生きてきた人とは違うの。飢えに苦しんでる人だっているというのに、自分たちだけ贅《ぜい》沢三昧《たくざんまい》なんて。あなたは平気かもしれないけど、わたしはがまんできないわ。あなたは車だのブランドものの洋服だのを人に買い与えて、十代の女の子にたっぷりお小遣いをあげていれば楽しいのかもしれないけど、わたしはそういううわついた暮らしはできないのよ」

気まずい沈黙ののち、やっとデレクが口を開いた。「もう終わりか？」

「いいえ」

「掃除のことじゃない。きみのお説教のほうだ。掃除はぼくがこの部屋に来た瞬間に終わったんだ」

「わたしは言いたいことを言っただけだわ」

デレクはかたわらに身を寄せ、うむを言わせぬ鋭いまなざしでカレンに屋根裏部屋から出るよううながした。そしてドアに鍵《かぎ》をかけると、キーをポケットにしまった。

数日後の昼さがり、カレンは長い時間、キッチンでデイジーとお茶を飲んで過ごしていた。デイジーが腕まくりしてパン生地をこねているとき、玄関のベルが鳴った。

「わたしが出るわ」カレンは椅子からさっと立ちあがった。

「こんにちは」戸口の女性がためらいがちに言った。「シュナンドアー・バレー孤児院からまいりました、サラ・コルドウェルと申します。ミスター・アレンはご在宅でしょうか」四十代半ばのこざっぱりした服装の美しい女性だった。

「いま馬小屋におります。すぐ呼んできますので。どうぞお入りになって」カレンは婦人を客間に通し、デレクに来客を知らせるよう内線電話で使用人のひとりに伝えた。「わたしはカレン・ブ――いえ、カレン・アレンです」

「まあ、ミスター・アレンの奥さまですのね。わたしったら、気がつかなくて。最近結婚されたことは、ワシントンの新聞で読んで知っていたんですが」

世間話をしていると、数分でデレクが現れた。

「小切手の件でいらしたんですね?」

「ええ、もしご迷惑でなければ」

「もう用意してあります」デレクは部屋の隅の小型金庫から一枚の封筒を取りだし、コルドウェルに手渡した。

「毎年毎年の寄付、ほんとうにお礼の言葉もないほど感謝しております。昨年寄付していただいた十万ドルで、付属の診療所に専従の医師と看護婦を雇えるようになりましたの」

「そう言っていただけるだけでうれしいですよ」

サラ・コルドウェルはカレンのほうに向きなおった。「こういう旦那《だんな》さまをお持ちになって、さぞかし誇らしいことでしょうね。孤児院への寄付は、ミスター・アレンの慈善活動のほんのひとつにすぎないんですもの。わたしがかかわっている飢餓救済運動のほうにも——」

「申しわけないんですが」デレクがさっと立ちあがった。「すぐ馬小屋のほうへ戻らなくてはならないんです」彼が玄関までコルドウェルを見送ることになり、カレンはつぶやくような声で婦人に別れを告げた。デレクが客間に戻ると、カレンは泣いていた。

「カレン!」彼はあわてて駆けより、彼女の前にひざまずいた。「どうしたんだ?」

「自分が恥ずかしいわ」目を伏せたまま、カレンはつぶやいた。「わたしったら……ごめんなさい。なにも知らないくせに、ひどいことを言って」

デレクはカレンの顔をあげ、指で涙をぬぐってやった。「いいんだよ。ぼくは確かに贅沢な暮らしをしてるんだから」無理に笑顔を作ってみせる。

「あの日、なぜ言いかえさなかったの?」

「慈善なんて、人に言いふらすものじゃないだろ」

「あなたって、思ってたよりずっといい人なのね」

「そんなことはないさ。ひどい男だよ。とくに夫としてはね」彼は涙に濡れたカレンの瞳をじっと見つめた。「カレン、きみはここではすごく不幸なのかい？」

「不幸なんかじゃないわ。こんな素敵なうちで暮らしてるのに、不幸な人なんていると思う？　でも、なにもすることがないのよ、デレク。シャーロッツビルで仕事を見つけてはいけない？　パートタイムでもいいから」

「アリ・アル・タサンの妻は働いたりしないんだ」

カレンはため息をついた。「そう思ってたわ」

それでこの話は打ち切りだった。

デレクは人を雇って屋根裏部屋を片づけさせた。数日にわたって職人たちが忙しげに働いていたが、カレンの前ではいつもドアは閉ざされていた。

ある朝早く、デレクが起こしに来た。カレンは驚いて胸元をシーツでおおい、ベッドの上に起きあがった。あの最初の夜以来、デレクが彼女の寝室に入ってきたのははじめてだ。

「見せたいものがあるんだ」彼はまるで、秘密を打ち明けたくてうずうずしている少年のようだった。

「でも、わたし……いますぐ？」

「いますぐさ」

デレクはカレンの手をつかむと、彼女にローブを羽織りスリッパをはくひまも与えず、屋根裏部屋へ引っぱっていった。

ドアを開くと彼は脇にどいた。目の前に広がる信じられないような光景に、カレンは呆《ぼう》然《ぜん》としたまま、ゆっくりと室内を見渡した。

彼女はデレクのほうに向きなおった。「どうしてわかったの？」

12

「クリスティンがヒントをくれたんだ。ほら、彼女と一緒に夕食に出た晩、言ってたろ。カレン、また彫刻を始められるじゃないって。このあいだ、きみは退屈しきってしょんぼりしてた。それでクリスティンに電話して、きみがどれくらい真剣に彫刻をやってたか聞いてみたんだ。そしたら、お母さんが亡くなるまでは、美術を専攻して彫刻に打ちこんでいたって話してくれてね」

「母が死んでクリスティンを養っていかなくてはならなくなったので、もっと実利的な分野に専攻を変えたの」

「彼女もそう言ってたよ。どうもそのことで負い目を感じているようだった。貧しい芸術家として生きていくことはできても、貧しい芸術家が十代の妹を養っていくのは無理だものね。ぼくの計画を話すとクリスティンも大乗り気で、彫刻家のアトリエに必要なもの一式を教えてくれたんだ」

「プロを雇って屋根裏部屋を片づけているだけかと思っていたわ」もう夢ではないかと恐

れることもなく、カレンは部屋に足を踏みいれた。

「だろうね。きみの前でだけ、いつもドアが閉ざされているんで、いらいらしてたんだろ?」

肩越しにカレンはデレクをにらんだ。「わざとそうやって、わたしをじらしてたんでしょう」

彼は笑った。「でも、もう秘密は明かしたよ。どう? 気に入ってくれた?」

部屋には天窓が取りつけられ、日射《ひざ》しがさんさんとふりそそいでいた。壁際にはずらりとワークテーブルが並び、引き出しには工具が揃《そろ》っていた。キャビネットには半年かかっても使いきれないほど材料が入っている。

「使いやすいように並べかえるといい。完成した芸術に関してなら、少しは知識もあるつもりだけど、作る過程については、ぼくはまるで無知だから」

「あまり期待しないでね」これだけの設備を整えるには、ずいぶんお金がかかったろう。傑作を期待されては、荷が重かった。

デレクは彼女に歩みより、肩をつかんで自分のほうを向かせた。裸の肩に彼の両手が温かい。カレンが身につけているのは、薄いネグリジェだけだ。だがデレクはそれとは無関係な愛情のこもった目で後女を見つめていた。

「カレン、きみがぶかっこうな灰皿をこしらえたり、泥のパイをこねたりしても、ぼくはいっこうにかまわないよ。なにも作れなくてもいいんだ。ただきみが微笑《ほほえ》むのを、もう一度見たいだけさ」

「わたしそんなに不機嫌だったかしら？　ごめんなさい」

「あやまるのはぼくのほうさ。きみを不幸にしてしまって。よかれと思って結婚を申しこんだのにね」

「わたしはペットじゃないのよ、デレク。あなたは言ったじゃない、ムスタファのような動物は、所有することはできないって。それと同じよ。人間を所有することはできないわ。このすばらしい家に暮らしていても、わたしは無用の長物のようで、まるで檻《おり》に閉じこめられたみたいだったわ。デイジーはなにもさせてくれないし。畑では大勢の人が働いているのに、わたしにはなにひとつすることがなかった。馬小屋の馬たちのほうが、わたしなんかより責任ある存在なんですもの」

デレクの瞳がきらりと光る。「馬たちがどういう責任を負っているか、知ってるね。子どもをつくることだよ」彼の手がカレンの頬に伸びる。「きみがここの生活に参加する道はそれしかない。もちろん、それにはあの条件を撤回しなくちゃならないけどね」

カレンはじりじりとあとずさりして、デレクの手から逃れた。

さま変わりした屋根裏部屋を見渡した。わたしがいなくなったらこの部屋はどうなるのだろう。また鍵《かぎ》をかけて、荒れるに任せてしまうのだろうか。

「この部屋のおかげで、もう退屈することもないわ」

「なにから始めるつもりだい？」デレクは手近な椅子に腰を下ろした。

「まず指を慣らさないと」カレンは笑いながら言った。

腕がにぶらないように、近所の美術学校の授業を受けたいと、昔ウェイドに言ったことがある。彼はそんなことをしてなんになるんだと問いかえした。いつもどおり、カレンはあえて逆らわなかった。もう二度と、形のないものからひとつの形を作りあげていく喜びなど、味わえないものとあきらめていたのに。感謝の気持ちで胸がいっぱいだ。彼女はこのすばらしい贈り物を与えてくれた夫をふりかえった。

デレクは身じろぎもせず、じっとカレンを見つめていた。彼女が近づいても、動こうとしない。「ほんとうに感謝してるわ。ありがとう、デレク」

身をかがめ、カレンは唇を重ねた。一度軽くキスをして離れようとしたが、彼女の唇は急に意志を持ったかのように、デレクをとらえてはなさない。

彼は相変わらずじっとしている。腕をまわそうとも、抱きよせようともしない。そんなにも味気ないキスだったのだろうか。

大胆にも、カレンは舌を突きだして彼の下唇をなぞった。

突然デレクが動いた。

すばやく唇を奪うと、立ちあがり、カレンをしっかりと抱きよせておおいかぶさった。

彼は片腕だけで彼女を支えていた。

カレンはのけぞった。デレクの手が、彼女の脇腹《わきばら》を激しく上下する。何週間も抑えてきた情熱を、一気に注ぎこむようなキスだった。デレクの手が這《は》いあがり、柔らかな乳房を探りあて、ゆっくりともみしだく。だが欲望にうずく乳首には、けっして触れようとしない。

デレクはカレンがほしかった。全身が彼女を求めていた。だが、いまはだめだ。アトリエの見返りにセックスを要求したと思われるのはいやだった。

彼女には驚かされどおしだ。いままでつきあってきた女はみんな、ちやほやされて贅沢《ぜいたく》に暮らすことを望んでいた。ところが、カレンは働きたいと言う。ぼくはもう彼女を知りつくしたと言えるだろうか。いや、そんなことはない。抑えつけられた欲望に体はうずいたが、毎日がカレンの新しい面を見いだす喜びで、新鮮に輝いていた。

デレクはゆっくりとカレンの体をはなし、片手でそっと頬を撫《な》でた。

「きみがこんなふうにキスしてくれるとわかってたら、もっと早くアトリエを作ったのにな」

それ以来、ふたりの関係はまた少し変わってきた。ささやかな愛撫《あいぶ》やキスはよみがえったが、デレクはそれ以上熱くなることも、カレンをベッドに誘うこともなくなった。

カレンはほっとしたような、がっかりしたような、複雑な心境だった。彼女にとってデレクが最高に魅力的でセクシーな男性であることに変わりはない。ジャマイカの海岸での姿や、カフィエをかぶってさっそうと国務省の会議室に入ってきたときの光景を思い出すたびに、胸が高鳴る。

だが、ここでのデレクがいちばん彼らしかった。使用人たちからも尊敬を集めている。カレンはやっと彼をひとりの人間として見ることができるようになってきた。デレク・アレンという男を知りはじめていた。

さらに、彼の中のタイガー・プリンスとしての神秘的な部分にも強く引きつけられていた。

ある夜、アル・タサンとシェリルが電話をかけてきて、デレクとカレンを驚かせた。首長がワシントンでの協議を成功のうちに終え、サウジアラビアへ戻ったことは、ふたりともテレビのニュースで知っていた。

気づかいを見せてくれるシェリルと、カレンは少し話した。デレクのほうは父と話している時間のほうが長かった。電話を切ると、彼は言った。「父は十月に母とジュネーブで会うらしいんだけど、ぼくたちにも来ないかって言ってるんだ。いいかな?」

「えっ、ええ、もちろん」

「きみのことをもっとよく知りたいんだってさ」からかうようにカレンの鼻をつついた。

「ハミドと奥さんも来るんだ。早くきみに紹介したいよ」

「あなたの義理のお兄さんね？」

「ああ」

「父が子どもはまだかって聞いてたよ」

「お父さまには関係ないって言ってほしかったわ」

「むこうじゃ大ありだと思ってるさ」

「どう答えたの？」

「まだだって言ったよ」

「そのとおりだわ。生理があったの。妊娠してないわ」

「じゃあ、ジャマイカのときはなんでもなかったわけだ」心なしかデレクはがっかりしたようだった。

夕食のとき、カレンは彼にたずねた。「お父さまと一緒じゃないとき、お母さまはどこに住んでらっしゃるの？」

「ロングアイランドだよ。サウンド海峡に面した素敵な家を持ってるんだ。ときどき遊びにいこう。クリスティンも連れていくといい。きっと気に入るよ」

「お母さまはそこでじっと待っていて、お父さまが指を鳴らすと世界中どこへでも飛んでいくの？」

デレクはかすかな微笑みを浮かべた。「母はそれで納得してるんだ」

カレンにはまったく納得がゆかなかった。しかし、せっかくいい方向に向かっているデレクとの関係を壊す気になれず、それ以上は聞こうとしなかった。

次の日の夜にはクリスティンが電話をかけてきた。電話のたびに、幸せな新婚夫婦を装わなくてはならないのがカレンにはつらかった。離婚することになったら、いったいどう説明すればいいのだろう。アパート契約がもうすぐ切れるのでデレクに相談してみると、引きはらってしまえとあっさり言われた。もうこの世で純粋にカレンが所有しているものはなにもなかった。

クリスティンは元気いっぱいではしゃいでいた。親子電話の片方を取っているデレクがどんないいことがあったのかとたずねると、彼女はもったいぶって言った。「ふたつあるの。ひとつはね、例の男の子のことおぼえてる？　ほら、姉さん、前に話したでしょ。デレクにはあとで説明してね。自分の口からは、あんなこと恥ずかしくて死んでも言えないわ。とにかく、その彼から電話があって、コンサートと、彼の学校が秋学期早々に主催するパーティに誘われたの」

「すごいじゃない！　彼は必ずあなたのもとに戻ると思ってたわ」

「戻ってこないやつなんか、思っているだけの価値はないさ」デレクがつけ加える。

「ふたつめはね、友だちが二週間の休暇をフロリダの自宅に招待してくれたの。ねえ、行ってもいいでしょ？　デレク、いったんはそちらの農場におじゃまするって約束したし、ほんとに行きたいのよ。でもふたりはまだ新婚だし……」

「相手がフロリダじゃ、勝ち目はないね」デレクが口をはさんだ。

「じゃあ、行ってもいいの？」

「ちょっと待って」カレンがさえぎった。「わたしの知ってる子？」

「姉さんたら。とってもいい人たちなのよ。お母さんが姉さんのところへも電話を入れてくれるって言ってたわ。ねえ、いいでしょ？　ずっと一生懸命勉強してたんだから。自分で選んだ道だってことはわかってるけど、たまには息抜きもないとつらいわ。ねえ、お願い」

「カレン、許してあげたら？」デレクが口添えする。

「わかったわ。でも、まずその子のご両親と話してからよ」

「やったあ。姉さん、ありがとう。すごく愛してるわ」

「感謝祭には必ずこっちへ来なきゃだめだよ」デレクがきっぱりと言った。「あした旅行のためのお小遣いを送ってあげよう」

「でも、むこうでなにもかも出してくれるの。お客さんとして招待されているから」

「家族をみすぼらしい身なりで送りだせるとでも思うのかい？　素敵なドレスでも買うといい」

クリスティンは大喜びで電話を切った。

その夜、カレンはもの思いにふけっていた。ことあるごとに、デレクはこの結婚がずっと続くことをほのめかしているようだ。子どものこと、アパートを引きはらうこと、ジュネーブへの旅行、屋敷にしつらえたアトリエ、クリスティンとの会話でごく自然に口にした〝家族〟という言葉、そしてクリスティンへの兄らしい態度……。

もしかしたら……。

だめ。そんなこと考えてもいけない。このごろ彼は落ち着きがない。簡単に女が手に入るのがあたりまえだった男が、何週間も自分を抑えてきたのだ。昔の生活が恋しくなって、ほどなく離婚話を口にするにちがいない。

カレンのデレクへの愛は日ごとに高まっていた。全身が彼を求めていた。だがそんなそぶりを少しでも見せれば、彼はただちにカレンをベッドに運ぶだろう。彼はしきりに熱いまなざしをカレンに注いでいた。なにげなくふりかえるとこちらをじっと見つめていることもよくある。

ある夜、デレクがピアノを弾いているとき、ふとカレンが目をあげると、視線が合った。

「ずっと静かだったね。クリスティンの旅行のことでも心配してたのかい？」

「いいえ、旅行のことなら安心していてだいじょうぶだと思ってるわ」カレンは立ちあがり、窓辺に行った。

「彼女が口にしたら恥ずかしくて死んじゃうとか言ってた男の子のことだけど、いったいどういう話なんだい？」デレクはカレンのそばにやってきた。

「よくあることよ。妹は彼が好きなんだけど、強引に求められて困っていたの」

「男ってやつは！　どいつもこいつも悪党ばかりだな」デレクはわざとらしく眉毛を上下させ、ありもしない口ひげをひねるしぐさをした。「わしはよーく知っとる」いやらしいうなり声をあげると、デレクはカレンをさっと抱きよせた。「借金を返さんと、おまえの病気の伯父さんを寒空にほうりだして、おまえをもらってゆくぞ」

カレンは悲鳴をあげ、デレクはふざけてキスをする。唇も閉じたままだし、どちらも笑いころげているので、キスとも言えないようなキスだった。

しかし、それもふたりが互いを感じてしまうまでのことだった。ためらいがちに二度三度と唇を押しつけていたデレクが、やがてしっかりとカレンをとらえ、抱きよせた。

カレンは一歩歩みより、両手をそっと彼の胸の上に置いた。ふたりの唇がひとつに溶けあう。デレクの鼓動の高まりを、体にほとばしる情熱を、カレンははっきりと感じていた。いまやめないと、どうしようもなくなる。

あとずさりすると、彼女はまだ冗談の続きであるかのように笑みを浮かべようとした。

「まず金策に走りまわるほうがよさそうだわ。おやすみなさい、デレク」

「おやすみ」

カレンはそそくさと自分の部屋に戻った。そうしたくはなかったのに。だが衝動に身を委《ゆだ》ねるわけにはいかない。別れがいっそうつらくなるから。

ふたりは毎朝一緒に馬を走らせていた。デレクがカレンにジャンプを教える。彼女とザリファは低いジャンプなら簡単にこなせるようになっていた。午後の数時間を、カレンはアトリエで過ごした。最初は指で粘土をこねまわすだけだったが、しだいに複雑な形のものへと試作を進めていくうちに、生来の才能が頭をもたげてきた。

ある日、ふとひらめいて、新しい作品にとりかかることにした。複雑なもので、何日も何日もそれにかかりきりになり、性の抑圧を発散させた。ときおり、デレクが触れてくれなければ死んでしまうと思うことさえあった。だが、彼はめったに触れてはくれない。カレンはいつも飢えていた。

ある日の午後、数時間にわたる努力の結果疲れきってはいたものの、彼女は自分の進歩に口元をほころばせた。気分も明るかった。夕食前に、ザリファとひと走りすることにした。

馬小屋の入口で、デレクと出くわした。「これから走るのかい?」

「きょうはずっとアトリエにこもってたから、体をほぐしたいの」

カレンのブラウスは薄く柔らかい。風に乳房が透けて見える。レースのブラジャーも、その下のかすかな乳首もうっすらと見てとれる。デレクは内心うめき声をあげていた。

いったいいつまでおあずけを食わされるんだ？　日々欲望にさいなまれ、自分を抑えきれる自信がないので、なるべくカレンに触れないようにしているほどだった。

「ぼくも一緒に行ってもいいかな？」

「ええ」

一日の労働を終えたデレクの服は少ししわがよっていた。はだけたシャツの胸元から、汗に濡《ぬ》れた胸毛がのぞいている。たくましい男の匂《にお》いがカレンの鼻をついた。

「連れがいるほうが楽しいわ」

五分後、ふたりはそれぞれムスタファとザリファにまたがり、たそがれの光の中を駆けぬけていた。空には三日月が昇ったばかりだ。あたりはまだ十分明るく、馬に乗っていても危険はない。

風に髪をなびかせ、たくましい男と馬を従えて、カレンは数週間ぶりに解放感を満喫していた。アトリエでの成功に高揚していた。カレンは男と馬と初夏の香りに酔いしれた。柵《さく》が目に入った瞬間から、飛び越えるつもりでいた。彼女とザリファは一体となり、スピードとパワーがついていた。いまなら飛べる！

「スピードを落とすんだ、カレン。ぼくが柵を開けてくるから」

カレンはデレクの指示を無視し、鞍《くら》に身を伏せた。「行くわよ、ザリファ。きっとやれるわ」馬の耳にささやきかける。

「手綱を引くんだ。体をかがめすぎてるぞ」デレクが叫ぶ。「だめだ、カレン、高すぎる。きみはそんな高い柵を飛んだことがないんだ。やめろ、スピードを落とせと言ってるんだ！」

だがデレクの忠告に耳を傾けようともせず、カレンは馬の腹に蹴《け》りを入れた。柵が間近に迫る。彼女の体は恐怖におののいた。高い！　だが、手綱を引くにはもう遅すぎる。それに、ザリファは確かな足どりで進んでいく。カレンにできるのは、この馬にしがみついていることだけだった。

柵を越える直前、カレンは深く息を吸いこんだ。無事に着地するまでの時間が、永遠のように思えた。ジャンプに成功すると、カレンはほっとため息をついて、手綱を引いた。デレクが追いついてきたにちがいない。ザリファを止めてふりかえると、デレクは怒れる神さながらの形相でムスタファをかりたてている。彼がいきなり手綱を引いたので、馬はあと脚で立ち、前脚で空中をかいた。カレンは男と馬の両方の、荒々しさと怒りに身をすくませた。

「こんな軽はずみなことをするなんて、はれあがるまでお尻をぶっても足りないぐらいだ」

「やってみたら！　それに軽はずみなんかじゃないわ。わたしはずっと馬をコントロールしてたもの」

「へええ、でもそれもここまでさ」身をのりだし、ザリファのお尻をぴしゃりとたたくと、デレクはやさしくアラビア語で命令した。馬はまっしぐらに馬小屋へ向かう。

馬小屋にたどり着いたときには、カレンは怒りと屈辱に身を震わせていた。むっつり黙りこんだまま馬から下りる。デレクは駆けつけた飼育係に手綱をあずけた。

「待てよ」

屋敷まで道を半分ほど来たとき、デレクの手が彼女のベルトをぐっと引っぱった。

「はなして!」

「まだ終わっちゃいない」

「それがどうしたっていうの」カレンはデレクの手をふりほどき、怒りに激した顔を彼に向けた。「二度とわたしにそういう口をきかないで」

「そういうって?」

「ああしろ、こうしろと怒鳴らないでってこと」

「きみは死ぬかもしれなかったんだぞ!」

「でも死ななかったわ!」

「そんなことを言ってるんじゃない」

「じゃあどんなことを言ってるのよ」

「きみはぼくに逆らった。ぼくがなにか命じたら、ちゃんとそれに従うんだ」

カレンはぽかんと口を開けた。「命令！　従う！　相手を間違えてるんじゃなくて？ほかの人たちはあなたの言いなりになるかもしれないわ。あなたにひざまずいて身をすりよせて、指ひとつ鳴らせば命令に従うような女が、世界中に山ほどいるんでしょうよ。でも、わたしは一個の人間よ。柵を越えたいときには越えるわ。いちいちあなたの許可なんか得る必要ないわ。わたしがあなたにぬかずくとでも思っていたら大間違いよ、アリ・アル・タサン王子。わたしはあなたの妻よ。奴隷じゃないわ」

「ぼくの妻だって？　ほう。そうか。ついに妻らしくしてもらうときが来たようだな」

デレクはカレンを抱えあげ、ずかずかと屋敷に入っていった。外の騒ぎを聞きつけたデイジーが、汁がぽたぽたたれているスプーンを手に、あっけにとられた顔で玄関ホールに出てきた。

「今夜は夕食はいらないよ、デイジー」デレクがきっぱりと言った。「ただあすの朝食は、たっぷり用意しておいてくれないか」

デレクは階段を一段おきに駆けあがり、カレンがここに来た最初の夜ちらりと見ただけの寝室に飛びこんだ。

「気に入るといいけどね」カレンは驚きに声も出ない。「さもないと、つらい思いをするぞ。慣れてもらうしかないね。今夜から、きみは毎晩ここで寝るんだから」

デレクはカレンをベッドに投げだし、もどかしげにシャツを脱ぎ捨てた。そしてカレンにのしかかると、両手で顔を押さえ、唇を奪った。長く激しく深いキス。唇がうごめき、舌がのたうつ。

体を電流が走りぬけ、カレンは思わず膝を曲げた。ブーツのかかとがマットレスにくいこむ。デレクは激しく唇をむさぼりながら、カレンの脚をこじあけてあいだに体を入れた。肘で体を支え、両手でカレンのブラウスのボタンをひきちぎり、レースのブラジャーに包まれた胸をあらわにする。熱く奔放な口が、胸元まで下りてくる。荒っぽくブラの肩ひもを下ろしたものの、ホックをはずす手間ももどかしいというように、カップの中に両手を入れてブラジャーを押しあげ、乳房をむきだしにした。

乳首を唇ではさんで吸う。舌でこの感じやすいつぼみのまわりに円を描く。彼が再び乳房を口にふくんで吸うと、カレンの口からすすり泣きがもれた。頬を涙がつたう。だがそれは、いたたまれないまでの官能に喜悦する涙だった。

カレンはデレクの髪に両手の指をからめ、この天にも昇るような愛撫をけっして逃すまいとするかのように、彼の頭を自分の乳房にきつく押しあてた。

だが彼の欲望はそれだけでおさまるはずもなかった。カレンのズボンのベルトをはずし、ファスナーを下ろすと、手はサテンのパンティを探り、内側にもぐりこむ。柔らかな繁《しげ》みと泉が温かく潤ってデレクを待ちこがれている。

突然カレンが鋭くあえいだ。デレクが彼女の中に指を入れたのだ。唇を噛《か》みしめても、全身を走るおののきは止まらない。

カレンはのけぞって、デレクの胸に爪を立てた。彼女の手が、彼の平らな下腹からベルトへ、そしてファスナーへと伸びる。手が生身の彼に触れると、無我夢中で彼の下着を引きずりおろし、自らの体をぶつけていった。

「ああ、かわいい人……」

「デレク、デレク」

はじめの激情が通り過ぎると、ふたりはやさしく愛を交わした。汗に濡れてぐったりしているカレンの体をデレクは抱きよせた。

「だいじょうぶ？」

「素敵だったわ」

「けがはない？」

「ぜんぜん」

「急いでたんだ」

「わたしもよ」

「ずっときみがほしかったんだ」

「わたしがばかだったわ」

口にしてみてはじめて、カレンは自分がどんなにばかだったかに気づいた。デレクがこれほどの喜びを与えてくれるというのに、どうしていままで拒んでいたのか？　たとえつかのまでも、なぜ与えられたものを受け取ろうとしないのか？　この愛の思い出がこの先の人生を支えてくれるかもしれないのに。

だがいまは、先のことなど考えたくない。カレンは唇を重ね、そっとささやきかけた。

「あまり紳士的とは言えないわね。あなたったら、ブーツも脱いでないわ」

「きみだって、ブーツをはいたままだよ」

ふたりはひとしきり笑うと、汗に汚れた――カレンの場合は引き裂かれてもいた――服を脱ぎ捨て裸になった。またデイジーが顔をしかめて拾い集めることだろう。そうデレクに言うと、彼は声をあげて笑った。

「とんでもない。彼女はずっとぼくらの〝夜の生活〟のことを心配してたんだから」

薄暗い部屋で裸になると、また欲望の波が押しよせてきた。だが今度はふたりとも、急ごうとはしなかった。デレクのやさしい愛撫に浸っていると、カレンの胸にジャマイカの官能の日々がよみがえった。

彼は両手と唇で、カレンの全身をくまなく探った。巧みな愛撫にじらされて、カレンはあられもない言葉をつぶやき、低く喉を鳴らす。アラビア語で震える花弁に称賛の言葉をつぶやくと、デレクは舌でやさしくカレンを満たした。

愛に満たされ疲労した体を、ふたりはバスタブに沈めた。大理石のバスタブに取りつけたジェット水流が、疲れた筋肉をもみほぐし、元気を回復させる。

カレンを抱えると、デレクはまたもや彼女の中に入ってきた。カレンも彼の腰にしっかりと脚を巻きつける。「カレン、きみはいくら愛しても愛したりないよ。何度くりかえしても」カレンの乳房に顔を埋《うず》め、ぎゅっと彼女を抱き締めると、デレクは情熱をほとばしらせた。

心地よい倦怠《けんたい》に包まれた体をからませあい、ふたりは眠りについた。夜中に一度デレクに揺り起こされて、カレンはさらに愛を注がれた。

暗闇《くらやみ》のささやき。手探りの愛撫。ふたりはすべてを与えあった。

十四時間後、閉ざされたドアは開かれた。シャワーを浴びてさっぱりすると、デレクが階下のデイジーに大声で朝食を催促した。

デイジーは準備を整えて待ちかまえていたらしく、五分とたたないうちに、満面に笑みをたたえて部屋に入ってきた。だがその笑顔も、夫のローブに身を包み、ぐったりと枕《まくら》に寄りかかっているカレンの幸福そうな笑みにはかなわない。

デイジーが部屋をあとにすると、デレクはベーコンをひと切れつまみ、カレンの口元に運んだ。彼女は彼の指をなめてきれいにした。

「あなたに見せたいものがあるの」朝食を終えるとカレンが言った。デレクがトレーを脇に片づける。

「うれしいな」ローブの襟を開き、カレンの乳房をあらわにする。「アトリエにあるものなの」

「違うのよ」彼女は胸元を這う彼の手をそっと押しやった。

「アトリエにはいつも鍵がかけてあったね」

「芸術家は完成するまでは作品を見られるのを嫌うものよ」カレンがいばってみせる。

デレクは微笑んだ。男物のローブに身を包んだカレンは石けんと女性の香りがして、とても愛らしい。「でも、ぼくには見せてくれるんだろう？　光栄だな」

「びっくりさせようと思ってたんだけど、待ちきれなくて」

「じゃあ、行こうよ」

アトリエに入ると、カレンはまっすぐ中央のテーブルに行き、像をおおう布を取った。その像を抱えあげ、不安げにデレクを見つめる。

デレクはその作品に目を奪われた。躍動感と優雅さ。独特のスタイル。対象の性格を的確にとらえている。

「ムスタファ」デレクの低いつぶやきが部屋を満たした。彼はその馬の像を見下ろす位置まで歩みより、深い称賛の視線を注いだ。

「もちろん、まだ完成したわけじゃないわ。これは粘土の試作品。ブロンズ像にしたいと思ってるの」

カレンに顔を向けたとき、デレクの瞳には宝石のような大つぶの涙が光っていた。みるみるそれは大きくなり、目からこぼれ落ちそうだ。

カレンはデレクの額に手を置き、彼をじっと見つめた。そしてその瞬間、胸に浮かんだ唯一の思いをはっきりと口にした。

「デレク、愛してるわ」

13

夢のような昼と魔法のような夜。カレンは幸福に満たされていた。デレクと離れているときは彼を思い、一緒にいるときは体で、言葉で、まなざしで愛を交わした。

昼間の彼は有能な農場主、そして夜になると、寝室を官能の宮殿に変えてしまうタイガー・プリンスだった。彼のエキゾティックな愛の技巧に導かれ、カレンは夜ごと情熱の饗宴《きょうえん》に酔いしれた。

彼女はアラブ馬の飼育の事業についても学びはじめた。ベッドをともにしている以上、彼の生活のほかの部分にもともに参加したかったのだ。デレクは彼女の興味に水をさすようなまねはしなかった。実際カレンのいろいろな質問に、懇切丁寧に答えてくれた。

乗馬の日課も相変わらず続いていた。デレクはカレンの大胆さに驚いて、以前よりレベルの高いトレーニングをさせていた。もう二度と衝動的なジャンプはしないと、カレンはかたく約束した。

創作活動のほうもおざなりにはしていない。毎日何時間かアトリエにこもり、ムスタファ像に心血を注いでいた。才能が許すかぎり、完璧《かんぺき》なものに仕上げたかった。もう像は完成していて、これ以上手の入れようがないと、デレクはくりかえし説得したが、カレンはうなずこうとしなかった。

「いったい、いつになったらできあがるんだい?」ある日の午後、デレクがたずねた。彼は仕事でシャーロッツビルまで行ってきたばかりで、カレンを探しにアトリエに来たのだった。

人差し指でスーツのジャケットを肩に引っかけている。カレンのほうはすり切れたジーンズに、デレクの着古したシャツを着ていた。チャリティ用に取ってあった古着の中から、デイジーが仕事着用にと出してくれたものだ。カレンはポニーテールの髪を振り乱し、眉をひそめて熱心に像のほうに身をかがめている。

「だいたいめどはついてるんだけど」粘土をいじりながら、半ばうわの空で言った。

「だろうね」ジャケットを椅子に掛け、デレクは部屋の奥に入ってきた。「このごろちょっと嫉妬《しっと》を感じてるんだ」

「わたしの仕事に?」目をあげて見ると、彼は本気で言ったわけではないらしい。

「ああ。いつも粘土ばかり眺めてるじゃないか」

「あなたを眺めてる時間だって長いわ」

「ふたつをひとつにできるかもしれないよ。人間をモデルに使ってみる気はない?」

カレンは背中を伸ばし、汚れた手を濡《ぬ》れたタオルでぬぐうと、像におおい布を掛けた。きょうの仕事はここまでだ。「あなたがなってくださるの？」

デレクの瞳が意味ありげに光る。「ぼくがあまり慎み深いタイプじゃないのは知ってるだろ？」

「あまり？」

「わかったよ、ぜんぜんさ。裸になるくらい平気だよ」

「そうね。それもあなたが受けついだイスラム的な資質のひとつだと思うわ。たいていのアメリカ人はピューリタン的な伝統から肉体をけがらわしいものと見なすけど、あなたはまるで違うもの」

「けなしてるの？」

「とんでもない。裸のあなたのほうが好きなくらいよ」

「ほんと？　じゃあ、ヌードモデルとして使ってくれるんだね」

「ちょっと待って」カレンはさっと両手をあげた。「結論を急がないで。いまのは妻の立場から言ったことよ。芸術家としての発言じゃないわ。あなたをモデルとして眺めるなら、まったく別の視点からということになるわ。モデルになってもらう前に、まず、あなたが

……そなえているものをちゃんと見ておかないと」

「オーディションかい？」

「ええ」

「どんな？」

「まずはじめに、服を脱いでいただくわ」

「ストリップ？」

「もちろん、純粋に職業上の関心からよ、さあ、始めて」

じっとカレンを見つめたまま、デレクはドアを閉め、鍵《かぎ》をかけた。「いいとも」ゆるみかげんなネクタイをほどくと、シャツのカラーから抜きとり、ジャケットを掛けた椅子に投げた。そしてのりのきいた綿のシャツのボタンをはずす。いつもながら、彼の裸の胸を見ると、カレンの体に火がともる。

「それだけじゃだめよ、ミスター・アレン」デレクはシャツを脱ぎ捨てたところで手を止めていた。「わたしが見なきゃならないのは」カレンはわざとまをおいた。「全身なの」

「わかったよ」身をかがめ、靴と靴下を脱ぐ。カレンは彼の脚が好きだった。たいていの男たちの脚は青白く病的だが、デレクの脚は体のほかの部分同様、トースト色に日焼けしている。

カレンの目がデレクに釘《くぎ》づけになる。彼はためらわずにベルトをはずし、ズボンのファスナーを下ろした。

ちょっと考えて、わざと丁重な口調でたずねる。「少しずつ脱いでいくのと一気に脱いでしまうのと、どちらがいいんでしょうか」

「どっちでもいいわ」

「あなたの好みは？」

「頼むから、好きなようにして」カレンの口は急にからからに乾いた。

彼はズボンと一緒にブリーフも脱いでしまった。カレンの前に立ちはだかる裸身は、ギリシャの若き神々のような非の打ちどころのない美しさだった。

デレクの全身に、カレンはくまなく熱い視線を注いだ。

「後ろを向いて」

彼は命じられるままに、ゆっくりと体を回転させた。後ろ姿も前に劣らぬすばらしさだ。彼はカレンのほうに向きなおった。

「どう？　採用してくれる？」

カレンの胸は高鳴っていた。彼がほしい。デレクも彼女を求めていることは、その目を見ればわかる。だが、ゲームはまだ続いていた。「理解していただかなくては、ミスター・アレン。わたしは見た目だけで作品を作っていくわけじゃないのよ」

「違うんですか？」

「ええ」

「それじゃあ、ほかになにが？　待てよ。わかったぞ」彼はカレンの手が届く位置まで近づいた。「感触を確かめなきゃだめなんですね」

「そのとおり」

「モデルというのはまさにぼくにぴったりの仕事だな。どうぞ、どこでも自由に触ってください」

「あなたの協力的な態度は特筆に値しますね。やはりモデルは意欲的な人物であることが肝心です」

「でもこれ以上ぼくが意欲的になると、そっちが困るんじゃないのかな？」

「えっ、なにかおっしゃった？」笑いを押し殺し、カレンは聞こえていないふりをした。

「べつに。どうぞ、始めてください」

彼女は両手をデレクの肩に置いた。「なかなかいいわ。かたくて。さて、腕のほうはと」

「かたいなんて言われると……」

「えっ？」

「気にしないでください」

「ミスター・アレン、お互い心を開いて正直にならないと。思ったことはなんでも言ってください」

「全身を調べるんでしょ？」

「もちろん。必要なことですから」

「どれぐらいかかるかわかりますか?」

「急いでらっしゃるの?」

「ええ、まあ、ちょっと」

「わかりました。なるべく早くすませましょう」

「胸はどうです?　使えそうかな?」

カレンは小首をかしげた。「そうね、なかなかいいわ」

「あなたのほうも」

「えっ?　なにかおっしゃった?　よく聞きとれなかったわ」カレンが胸に両手を押しあてると、彼はうめいた。「乳首が素敵ね。乳首は重要なポイントなのよ」

「自分でもそう思ってましたよ」カレンに指先で乳首をいじられ、デレクは思わずカレンの腰に両手を伸ばした。

「ミスター・アレン、わかってらっしゃらないようね」

「あなたもわかってないと思うな」

「感触を確かめるのは芸術家のほうで、モデルじゃないわ」

「誰が決めたんです?」両手でカレンの乳房を軽くつかむ。

「芸術家よ」

「民主的じゃないなあ」

「でも、それがルールなの」

「それじゃあ忠告しておきますけど、芸術家はブラジャーをつけたほうがいいですね。さもないと、モデルに胸を見られてしまう」

「考えておくわ」デレクに親指で乳首を愛撫《あいぶ》され、カレンは体を震わせた。

「ほかの部分はどうかな？」

「ぼくの体の」

「あっ、ええ、調べてみましょう」カレンの両手が彼の腕からなめらかな背中へとすべる。

「うーん、とってもいいわ。なかなかの肌触りね」彼女は両手でデレクのお尻をつかむと、自分の腰に押しつけた。「お尻も合格」

「ありがとう」デレクがあえぐ。

ゆっくりした愛撫をくりかえしながら、カレンの両手はお尻から前へとまわり、彼の男性を探りあてた。「あら、アレンさん。考え違いをしていらっしゃるようね。わたしは豊《ほう》穣《じょう》神《しん》の像を作るつもりはないの。ちょっと異教的すぎて、わたしの趣味には合わないわ。わたしの作るヌード像は――」

「ああ、カレン、がまんできないよ……ああ……」

「人間の体のありのままの姿を賛《たた》えるものよ」

「こんなことをされたら、こうなるほうが自然さ。ああ……カレン、信じてくれ、ぼくは……」

「純粋な状態で調べなきゃだめだわ」

「いったいぼくを採用するの、しないの？」

もちろんデレクは合格だった。

数分後、ふたりはかたいワークテーブルの上に横たわっていた。もつれあってテーブルに倒れこむあいだに、カレンはなんとかジーンズと下着を脱ぎ捨てたが、シャツは片袖《かたそで》を通したままだ。カレンは幸福感でわれを忘れた。

「以前にはこんなことなかったわ」もの憂げにデレクの胸毛に自分のイニシャルをなぞる。

「なにが？」

「セックスよ。ウェイドとのね。こんなふうに奔放で楽しい思いをしたことはないわ」

「楽しかったの？」デレクは首を曲げてカレンを見た。「爪を立てたり、噛《か》みついたり、うめいたりしてたくせに？」

頬をまっ赤に染めて、カレンはデレクの胸に顔を埋《うず》め、彼と一緒にくすくす笑った。

「そんなふうに言われるとうれしいよ」デレクは指でカレンのあごをあげ、やさしくキスした。

「知っていてほしかったの。あなたは特別な人だわ。あなたがしでかすとんでもないことが大好きよ」

「夕食に客を招いておきながら、ほったらかしてアトリエで妻と愛しあってるなんてことが?」

カレンはあわてて起きあがった。「なんですって? からかってるんでしょ?」

デレクは叱《しか》られた少年のような顔になった。「いいや。きょうシャーロッツビルで、テキサスから来た友人にばったり会ったんだ。夕食に招待して、もらったばかりの嫁さんを紹介しないわけにはいかなくてね。彼を飼育係と馬小屋に残したまま、きみを呼びにきたんだよ。まあ、バーボンでも飲みながら、待ってるだろう」

「あなたったら……」カレンは脱ぎ捨てた服を急いで拾い集めた。「デレク、ほんとうなのね? ほんとのことなのね? その人いったいどう思ってるかしら」

「一日中離ればなれだった新婚夫婦がたいていやるようなことを、ぼくらもやってると思ってるだろうね」あわててジーンズをはいているカレンのお尻に触りながら、デレクがからかう。

「ああ、どうしよう」

「でもまあ、あまり待たせすぎないほうがいいな。邪魔者扱いされたように思うだろうから」

デレクをにらみつけると、カレンはアトリエを飛びだし、化粧室に向かった。

四十五分後、客間に入ってきた彼女は、ほんのりとした頬の赤みに愛の行為の余韻をかすかに残しているだけだった。

　さっとシャワーを浴びただけのデレクは、すでに飲みものを片手に、恰幅《かっぷく》のいい男となにやら談笑している。客はカレンが入っていくと、さっと立ちあがった。

「こちらが奥さんだね。こりゃあ、さぞかしご自慢のことだろう。とびきりの美人だ」彼はつかつかとカレンに歩みよった。「ベアー・カニンガムです」カレンの手をぎゅっと握り締める。

「カレン・アレンです」カレンも自己紹介した。「遅くなって申しわけありません。デレクがお客さまがいらしてることを教えてくれませんでしたし、その……忙しくしていたもので」

「彼女のアトリエでね」デレクがいたずらっぽくウインクする。「アトリエにこもると彼女は熱中してしまって、時間のたつのも忘れてしまうんだ」

　ベアー・カニンガムの豪快で開けっぴろげな性格に、カレンはすぐに好感をもった。デレクが注《つ》いでくれた冷たい白ワインをすすりながら、自然に会話に入っていけた。国務省勤めのころに、しょっちゅうカクテル・パーティに出ていたので、初対面の人とさりげない世間話をするのには慣れている。結婚してはじめて迎える客だったが、デレクの誇らしげなようすに、カレンは自信を得た。

彼女はこれまで着る機会のなかった、新しいドレスに身を包んでいた。鮮やかなグリーンのシルクで、カレンのチョコレート色の瞳と明るいブロンドをいっそう引き立てる。ドレスに合わせて買ったピンクの珊瑚《さんご》のネックレスもぴったりだ。カレンは自分が魅力的に見えることを知っていた。そしてこんなに輝いているのは、デレクへの愛に満ちているからだということも。

夕食での話題はアラブ馬のことが中心になった。「ベアーは牧場を持ってるんだ。ええと、ウェザーフォードの近くだったっけ？」デレクが言った。

「ああ。カレン、テキサスには詳しいのかな？」

「いいえ、ほとんど」ふたりは握手をすませると、ファースト・ネームで呼びあっていた。

「行ったこともないし」

「旦那《だんな》さんに連れていってもらうといい。うちへお泊まりなさい。バルビが大喜びする。飛行機でそこらじゅう案内してくれますよ」

「バルビって……」

「わたしの妻です。用事があって、今度の旅行には連れてこられなかったんだが、いつもはたいてい一緒なんですよ。いつでも遊びにきてください」

カニンガムの牧場はデレクの農場の四倍くらいの広さなのに、肝心の馬小屋の中身がいまひとつなのだという。そういうわけで、この大富豪は、バージニア、ケンタッキー両州に馬の買いつけの旅に出たのだった。

「馬についてはいろいろご存じかな？」客間に戻ってコーヒーを飲んでいるときに、ベアーがカレンにたずねた。

「勉強中です。すばらしい先生もいますし」彼女は愛情のこもった視線をデレクに送った。

「妻はぼくの仕事に関心を持っていて、いろいろ学んでいるところなんだが、彼女には独自の才能もあるんだ」デレクは誇らしげに言うと、ふいに手にしたブランデー・グラスを置いて、椅子から立ちあがった。「ベアー、ちょっと待っててくれ。きみに見せたいものがあるんだ」

「待って！」デレクの思いつきに気づいてカレンは叫んだ。「なにをするつもり？」

「きみの彫像を見せるんだよ」

「デレクったら、まだ完成してないのよ」

「もう十分すばらしいよ」

カレンの言葉に耳も貸さず、デレクは階段を駆けあがっていく。場をとりつくろうように、カレンがウェザーフォードの場所をたずねると、カニンガムはテキサスの地理を詳しく説明してくれた。カレンは不安でしかたがなかった。ほんとうにあの彫像のできばえはいいのだろうか。自分の作品に評価を下すのはむずかしい。単なるデレクのひいき目ではないのだろうか。

デレクがうやうやしく胸に彫像を抱えて戻ってくると、ベアーも立ちあがり、じっと像を見つめたまま、太い葉巻を数回ふかした。「うーん、これはすごい。ムスタファだね？」

デレクがカレンに目をやる。「ほら、言ったとおりだろ？」

カレンはもじもじしてスカートをいじっていた。

「いやあ、すばらしい！　ひとつわたしにも作ってもらえないかな？」

カレンはびっくりして顔をあげた。「えっ？　ムスタファの像をですか？」

「いやいや、ファンシーのですよ。バルビのアラブ馬でね。まるで女王さまみたいに扱ってるんだ。妻へのクリスマスプレゼントをなににするかずっと悩んでいたんだが、ちょうどいい。ファンシーの写真を送ったら、こういう像を作ってもらえますかな？」

カレンは黙りこんだ。仕事の注文を受けるなどとは考えてもいなかったが、胸はときめいた。「どうかしら。たぶんできると思いますけど」彼女はデレクを見た。一見無表情を装っているが、目の動きで彼がベアーの申し出をおもしろがり喜んでいるのがわかる。

「金のことですか？　どれくらいお払いすればいいのかな？」金持ちらしい屈託のなさでベアーがたずねた。

「いくらと言われても……」どう答えればいいのだろう。十ドル？　それとも五十ドル？

「一万ドル以下じゃ、妻に仕事はさせたくないね」ベアーのグラスにバーボンを注ぎたしながら、デレクが言った。「彼女がアトリエで長い時間をかけて心血を注いだ成果なんだ。安売りする気はないよ」

デレクは気でも違ったのだろうか？　カレンはあわててあやまろうとした。「カニンガム、いいえ、ベアー、わたしは――」

「いやあ、それじゃまだ不足だ」ベアーが言った。「一万二千ドルでどうかな？」

「ええ……」カレンはあえぐように言った。「そ、それで十分ですわ。ファンシーの写真を送ってください。ムスタファの像ができしだい、すぐとりかかりますから」

「クリスマスにまにあいますかな？」

「お約束します。それから、できあがった作品を見て満足されるまでは、お金は送らないでください」

「きっと満足しますよ。バルビなんぞは喜んでおしっこをもらしちまうぞ。いや、これはご婦人の前で下品なことを言って、申しわけない」

それから三十分ほどして、ベアーは帰っていった。ドアが閉まるとさっそく、カレンはデレクにかみついた。「一万ドルですって？　気でも狂ったの？　一メートルにも満たない彫像に、そんな大金をふっかけるなんて、ずうずうしいにもほどがあるわ」

彼の返答は、激しい抱擁と熱いキスだった。「きみを抱きたくてうずうずしてたんだ」耳元にささやきかける。

「話をすりかえないで」

「なんの話だっけ？」

「デレク」カレンは怒って彼を押しのけた。「わたしにたいした才能がなかったらどうするの？　ムスタファの像はまぐれだったら？　もし……」

　デレクはカレンの唇に指を押しあてた。「そうしたら、また時間をかけて修業を積めばいいさ。ベアーは大のおしゃべり好きなんだ。馬主連中に会うたびに、ファンシーの像を自慢してまわるにちがいないよ。それに彼は友情に厚い男だ。きみは彼の申し出に圧倒されていた。ほうっておいたら、きっと自分の才能を安売りしていたよ」

「でも一万ドルなんて……」カレンは力なくデレクにもたれかかった。

「一万二千ドルだよ」彼は彼女の髪をくしゃくしゃにした。

「国務省で働いていたころの、一年分のお給料くらいの金額だわ」

「そんなに気にすることはないよ。アラブ馬の馬主なんて、大金持ちばかりだ。腐るほど金を持ってるよ。連中は高くふっかけられればふっかけられるほど、きみの才能を信用するんだ」

「お金があるのはいいことだけど。もちろん、自分のためじゃないのよ。クリスティンに、貯金しておいてやれるわ」

　いや、自分自身にも必要なのかもしれない。ここ数週間、夢のような日々が続いていたので、カレンは離婚やデレクのいない人生のことなど、あまり考えなかった。彼に飽きられたようすはまるでない。とはいえ、その可能性がいつもカレンの心の隅で、恐ろしい怪物のように彼女をおびやかしていた。カレンはきつくデレクにしがみついた。

「きみのお金なんだ。好きに使えばいい」デレクはやさしくキスした。


デレクの予言は見事に的中した。ふたりが出席したリッチモンドのアラブ馬品評会にベアーも来ていて、出会う人ごとにカレンをデレクではなく自分が発見した芸術家のように紹介してまわった。

アレン厩舎《きゅうしゃ》の成果もめざましく、品評会に出した三頭のうち二頭がトロフィーをさらった。種つけや買い取りの申し込みがデレクのもとに殺到した。彼は種つけは快く承諾したが、馬を売ろうとはしなかった。

「でも、品評会の話題の中心は、ぼくの馬じゃなくて奥さんのほうだったみたいだな」デレクがカレンの耳にキスした。「何人から、馬の彫像の注文を受けたんだい?」

「七人よ。飼い犬の像も作ってほしいって人もひとりいたわ」

「きみがこんなにかわいくなかったら、みんなあんなに熱心にきみと話したがりはしなかったろうね」

「そう思う?」カレンは甘えた声で言った。ふたりは品評会の仮設馬小屋をぶらぶら歩き、ずらりと並んだアラブ馬を見てまわっていた。

「きみがかわいいってことかい？　もちろんさ」

デレクの行動もその言葉を裏づけていた。友人たちに誇らしげに妻としてカレンを紹介し、夜ごとホテルの部屋でカレンと愛を交わした。

ただひとつ彼女の心を乱したのは、デレクの友人たちが彼の豹変《ひょうへん》ぶりに驚いて投げかける言葉だった。

「ずっとどうしてたんだい、デレク？」

「外国へでも行ってたの？」

「この夏は予定どおり、カンヌで過ごすのかい？」

「モンテカルロに行ってるんじゃなかったの？」

「今年もクリスマスはコルティナかい？」

デレクがこういった質問を適当にはぐらかしているので、カレンはなんとか、彼は昔の派手な暮らしに戻る気はないのだと思いこもうとした。

屋敷に帰ると彼女はさっそく注文の像の制作にとりかかったが、デレクとの時間を犠牲にするようなことはなく、相変わらず幸せな日々が続いていた。

ある朝、ふたりが乗馬から戻ると、屋敷の前に車が一台止まっていた。

「母の車だ」デレクがうれしそうに言った。ふたりは急いで家に入った。

だが、客間の椅子に腰を下ろしたシェリルは、デイジーの出したコーヒーに口をつけようともせず、ぼんやりとあらぬほうを眺めていた。

デレクとカレンが腕を組んで入っていくと、立ちあがり無理に笑みを浮かべたが、泣きはらしたのか目はまっ赤にはれあがっている。

「母さん」デレクはシェリルの前にひざまずいた。「いったいどうしたんですか?」

彼女は息子の顔を両手で包んだ。彼女の目からはとめどなく涙があふれている。「ハミドが……フランスで亡くなったの」

カレンは口を手でおおい、叫びを抑えた。デレクは義理の仲にもかかわらず、深く兄を愛していた。ジュネーブで会えるのを楽しみにしていたのだ。

「なにがあったの?」

「カー・レースよ。あの子がレーシング・カーを持っていたのは知ってるでしょ。あの車を運転中に……フェンスに激突して、炎上して……」それ以上言葉を続けることができず、シェリルは目にハンカチをあてた。

「父さんは?」

「すごくショックを受けてるわ。わたしも何時間も慰めたんだけど。ハミドの奥さんも彼と一緒よ。彼女が遺体につきそって、リヤドに戻ってきたの」

デレクは悲しみにぐったりと頭《こうべ》をたれた。シェリルがやさしくその髪を撫《な》でる。「もちろんわたしもアミンと一緒にいたいんだけど、無理なの。お互いそれは納得してるわ」

「ぼくがいますぐ行くよ」

「その言葉を待っていたのよ。あなたを空港まで送る車を用意してあるの。アミンはいまあなたがどうしても必要なの。絶望に打ちひしがれているのよ」

一時間後には、デレクは用意を整えていた。シェリルが来訪の目的を告げるとすぐに、デイジーは荷造りを始めていたのだ。

カレンはただおろおろするばかりだった。こんなにも自分が無力に感じられたことはない。

片手にスーツケース、もう一方の手にはコートを持って階段を下りてきた男は、見知らぬ他人のようだった。黒のスリーピースに身をかため、カフィエをかぶったこの男が、ほんとうに愛する夫なのだろうか。彼のまなざしは声と同様よそよそしかった。

「母さん、ぼくが戻るまでカレンと一緒にいてやってくれますか？」

「もちろんよ」

「父さんに母さんの気持ちは伝えておきます」

「あの人はわかってくれているわ。わたしが彼と同じ痛みを味わっていることを」デレクはシェリルの青ざめた頰にキスすると、カレンのほうに向きなおった。

「デレク、ほんとうになんて言ったらいいか。お父さまたちにわたしからもお悔やみ申しあげますとお伝えして」

彼はうなずいた。「じゃあ、行ってくる」彼のキスはいつになくそっけなかった。

カレンは凍りついたように立ちつくして、黒いリムジンへ向かうデレクの後ろ姿を見送っていた。

14

これは現実なんだ。ハミド・アル・タサンの不慮の死が、自分とデレクの人生にどんな影響を与えるか、カレンにははっきりとわかっていた。

デレクはアミン・アル・タサンの次男だ。後継ぎが死んだ以上、その役割はデレクにまわってくるだろう。首長は息子のアリに大きな期待を抱いているにちがいない。

アミン・アル・タサンは父の望みに従った。イスラム法を守るため、シェリルと離婚し、アラブ人の妻をめとった。デレクにも同じことを期待しているはずだ。ほかにも子どもはあるとはいえ、デレクは次男なのだ。アミン・アル・タサンは伝統と義務を尊ぶ男だ。なによりも、そのふたつを優先させるだろう。

デレクが出発した日の夜、カレンとシェリルは食堂で夕食をともにした。重苦しい雰囲気の中、会話はぎごちなかった。味気ない食事を終えると、ふたりはそれぞれ自室に引きこもった。

その夜、ひとりぼっちのベッドでカレンは夢を見た。驚いて目を覚ますと、全身にびっしょりと汗をかいている。乳房がうずいていた。彼女は身をよじり、さめざめと泣いた。

翌朝、朝食に階下に下りていくと、シェリルが心配そうにカレンを見やった。「顔色が悪いわ。眠れなかったの？」

カレンはカップにコーヒーを注《つ》ぎながら、首を横に振った。「いいえ。夢を見たんです。デレクの」カレンはなぜか、夢の内容をこのやさしい義理の母に話してみたくなった。「デレクに会ったんです」そう言って微笑《ほほえ》んだ。「あなたの美しい息子さんに」

「ええ、確かに美しい子だわ。それで？　悲しい夢だったの？」

「はっきりとデレクの姿が見えました。彼の髪の金色の縞《しま》も、瞳も、不自然なほど輝いているんです。でもだんだんその姿がかすんでいって。ゆらゆらと揺れてて透明なんです。そしていつもわたしの手からすりぬけて、遠くへ遠くへと逃げていって、とうとう見えなくなってしまったんです」

ふたりとも黙りこんでしまった。予言的な夢だ。デレクはカレンの手から逃げていく。彼はもう、彼女のものではない。違う世界の人になってしまったのだ。

暗い雰囲気が屋敷を包んでいた。シェリルもカレンも明るく振舞おうと努めているが、どうしようもない。しだいにふたりは、お互いに気を遣うのをあきらめてしまったが、ふたりのきずなはだんだん強くなっていった。原因は違うとはいえ、同じ悲しみを分かちあうふたりだった。

カレンは毎朝の乗馬を欠かさなかった。ときどきふと、かたわらでデレクが微笑みかけているような気がする。心にぽっかりとあいた穴は、予想以上に深く大きかった。ウェイドが去ったときの苦しみも、デレクのいない生活の生き地獄のようなありさまに比べれば、なんでもなく思えた。

デレクのいない一週間は途方もなく長く、一時間が一日のように感じられた。カレンはアトリエにこもり、創作に打ちこんだ。ある日の午後、なぜ自分が急にこんなにも彫刻に熱心になったのか、カレンは悟った。これが彼女に残されたすべてだった。クリスティンと彼女の将来が、この分野での成功にかかっている。中途半端な作品を世に出すわけにはいかない。

「カレン」アトリエのドアを軽くノックして、シェリルが呼びかけた。「入ってもいいかしら」

「どうぞ」カレンは驚きながら、汚れた手をタオルでぬぐった。シェリルが彼女の仕事部屋に訪ねてくるのははじめてだった。「もう、きょうはおしまいにしようと思っていたところですから」

「デイジーがレモネードを作ってくれたの。わたしはほしくないけど、彼女はわたしたちに食欲がないのをすごく心配してるでしょ。断りきれなくて。クッキーも焼いてくれたのよ」シェリルはトレーを手にしている。カレンはワークテーブルのひとつを手ばやく片づけた。

「デレクの好きなクッキーだわ」カレンはつぶやいた。チョコレートチップ・クッキーを一枚手に取って割ると、悲しい微笑みを浮かべてじっと見つめた。「ある晩彼ったら、これを一ダース以上食べちゃって。いいかげんにしないと、おでぶさんになっちゃうわよって言ったんですよ」カレンはクッキーを口に運ぼうともせず、皿に戻した。

「デイジーも寂しがってるわ」シェリルが言った。「わたしたちってまるで、主人の帰りを待ちわびる三人の幽霊みたいね」レモネードをすすりながら、彼女はため息をついた。

「昔ながらの女の定めね。海や戦争に出た男たちを待ちわびながら、家を守って暮らすのは」

「昔はそうだったかもしれません。でもいまは二十世紀です」カレンは反論した。「そういう時代は終わったんです」

シェリルはカレンを見つめ、やさしく言った。「そうかしら」カレンは目を伏せた。「あなたの作品はすばらしいわ」気まずいムードをとりつくろうように、シェリルが明るく言った。「もちろんデレクから話は聞いていたけど、夫のひいき目だと思ってたの。大げさに言ったわけじゃなかったのね。あなたには本物の才能があるんだわ」

「ありがとうございます。みなさんの期待を裏切らないようにしなくてはいけませんね。こんなときはとくに」口にしてみてはじめて、カレンは自分が恐れているものに気づいた。

シェリルが彼女の手をやさしく握る。

「ハミドが死んでしまって、この先どうなるか不安なのね」

「ええ」認めてしまうと気が楽になった。握りあったふたりの手に、カレンは視線を落とした。シェリルの指にはすばらしいサファイア、カレンの指には金の指輪が輝いている。

「どうなるとお思いですか？　お義父《とう》さまは、デレクがハミドのかわりになることを望んでらっしゃるのでしょうか」

「でしょうね。あなたはどう思ってるの？」

「同じです」カレンは涙をこらえていた。

「やはりあの子は次男ですものね」

「わかっています」

「あの子は生まれつき指導者になるタイプなのよね。いつも西寄りの発言をするというのに、アラブ世界でも人気と尊敬を集めているわ」

わかっていたこととはいえ、シェリルの言葉のひとつひとつが、カレンの胸に釘《くぎ》を打ちこむハンマーのようだった。

「デレクが父親のあとを継ぐことになったら、あなたはどうするつもり？」

カレンは立ちあがり、アトリエをうろついた。考えても考えても、出てくる結論はひとつしかない。

「シェリル、あなたのような生き方はわたしたちにはできません。デレクの奴隷になるなんていやです」

シェリルは腹を立てるどころか、声をあげて陽気に笑った。「わたしがアミンの奴隷だって言うの？　そうね。あなたのような教養のある若い女性には、そんなふうに見えるのかもしれないわね」

「でも、わたしたちが結婚した日、お義父さまは実際あなたをホテルの寝室に呼びつけてらしたわ」

「ええ。だってあの日の朝、ふたりでベッドに入っているときに、あなたたちのスキャンダルを知らせる電話がかかってきたのよ」シェリルはいたずらっぽく笑ってみせた。「彼があまりいい気分じゃなかったのもわかるでしょ。朝ふたりでやりかけたことをすませてしまいたくて、うずうずしてたのよ」

「まあ」カレンは赤くなった。

「カレン、私は愛にしか従わないわ。実際世間の女の人たちより自由なくらいよ。美しい家もあるし。気ままに暮らしてるわ」

「お義父さまが世界のどこへでも、会いにくるように手招きされるとき以外はでしょう」

「行きたいから行くだけで、命令されるからじゃないわ」

カレンはとまどいの目でシェリルを見た。「お義父さまにほかに奥さんや子どもがいることは、気にならないんですか？」

いつもは穏やかなシェリルの顔に影が落ちた。「もちろん気になるわ。わたしだって女ですもの。人生でただひとつ残念なのは、ひとりしか子どもを持てなかったことよ。でもデレクが育った複雑な環境を考えると、ほかの子にもそんな思いを味わわせるわけにはいかないって、アミンと意見が一致したの」シェリルはカレンに歩みよった。「わたしはアミンを愛してるわ。はじめて会ったときからずっと。そして、彼もわたしを愛してくれている。リヤドにいる奥さんには、彼の名前と子どもがあるわ。でも、わたしには彼の心があるの。彼がほんとうの妻だと思っているのは自分なんだって、確信してるのよ。それに、彼は離婚のときにわたしを捨ててしまうことだってできたわ。デレクを国に連れて帰り、永遠にわたしから引きはなすことだって。でもわたしたちふたりを愛していたから、そんなことはできなかったのよ」

「でも、あなたとデレクはずいぶんつらい思いをしたんでしょう」

「アミンだって同じことよ。わたしたちのために、周囲の反対を押しきっていろいろ手を尽くしてくれたわ。世間からわたしたちを守ってくれたの。わたしと彼の関係を理解しようとしない人はたくさんいるわ。わたしを億万長者の権力者の愛人としか見ない人がね。でも、もう長いあいだに慣れっこになってしまって、気にもならないの」

シェリルはたそがれの金色の光が射《さ》しこみはじめた天窓を見上げた。カレンには、彼女がそこに空ではなく、愛する人の顔を見ているのがわかった。

「彼はわたしを必要としているの。世界をリードする、あのたくましい男がわたしを必要としているのよ。だからできるだけそばにいるの。愛しているから、彼を幸せにするために必要なことをするのよ」

無意識のうちに、シェリルはカレンを抱きよせていた。

「あなたはわたしの息子を愛してるんでしょ？」

「ええ。とても」

「それならなんとかなるわ。ふたりが力を合わせれば、きっと道は開けるわよ」

ふたりはもうそれ以上、この問題を話題にしようとはしなかった。夕食の席でのシェリルは、以前よりずっとカレンとうちとけていた。そしてアミンとの旅行の話や、デレクの子ども時代の思い出を語ってくれた。

だがカレンのほうは、いっそう悩みをつのらせていた。義母の前では体裁をとりつくろっていたものの、部屋に戻るとすぐベッドに倒れこみ、泣きだした。

どうすればいいの？

シェリルが彼女なりの幸せをつかんでいるのは確かだ。彼女はそうすることを選んだのだ。しかしカレンには、陰の妻でいることに自分が満足できるとは思えなかった。七年間ウェイドの言いなりになって暮らした経験があるだけになおさらだ。

もう二度と男の添えものとして、気が向いたときに手に取る飾りものみたいな生活を送ることはできない。

だが、自分の望みをデレクに押しつけるわけにもいかなかった。アル・タサン首長と彼を張りあったところで、勝ち目などあるはずもない。

その上、デレクは愛を口にしたことがなかった。アトリエでカレンが静かに愛を告白したあの朝でさえ、きつく彼女を抱き締め、耳元で愛の言葉らしきアラビア語をささやいただけだ。カレンにわかる言葉で愛を告げられたことは一度もない。「カレン、ぼくはきみを愛してる」と言ってくれたことはないのだ。

出ていくよりほかに道はなかった。

せっかく慣れ親しんだ屋敷や人々、そして愛する男と別れるのは、身を切られるようにつらかった。しかしここでデレクの帰りを待っていれば、もっとつらい言葉を聞かされる。去る痛みのほうが、残される痛みよりはまだましだ。

カレンは自らの尊厳を保ち、デレクに自由を与えるのだ。シェリルも言ったように、彼を愛しているからこそ、出ていかなくてはならないのだ。

翌朝の十時には、カレンは荷造りを終えていた。荷物はここに来たときに持ってきたものだけだ。デレクがジャマイカで彼女に残したメモは、ハンドバッグに収めていたが、結婚指輪は手紙と一緒に封筒に入れて置いていくことにした。

シェリルは食堂で、コーヒーを飲みながら、朝刊を読んでいた。笑顔でカレンを見上げたものの、手にしたスーツケースに気づくと顔色を変えた。

「いったい……」

「シェリル、わたし、出ていくことにしました。デレクの部屋の机に、彼あての手紙が置いてあります」

「でも……」

「彼が買ってくれた車は、いただいていきます」

「お願いだから考えなおしてちょうだい」シェリルはカレンに駆けよった。「いったいどこへ行くつもり？」

「まだ決めてません。あまり気は進まないけれど、たぶんワシントンに戻ることになると思います。クリスティンの学校からあまり遠くないところにアトリエを作って、仕事に打ちこむつもりです。わたしあての郵便物は保管しておいてくれるようにデレクに頼んでください。それと、作品はできるだけ早く運びだしますからって。値段の折合いがつけば、設備一式も買い取らせてもらいたいんですけど」

「デレクはきっとひどく悲しむわ。あなた、ほんとうに——」

「ものすごくお怒りになりますよ」廊下でカレンの話を聞きつけたデイジーもやってきた。

「デイジー、ほんとうにいろいろありがとう。いつも親切にしてくれて、言葉では言いつくせないほど感謝してるわ。ねえ、お願いだから、ふたりとももうなにも言わないで」カレンは懸命に涙をこらえていた。「考えぬいた末なの。わたしたちの結婚は……ふつうとは少し違ったわ。こうするのがいちばんなのよ。デレクにとっても、わたしにとっても。ザリファにさようならを言ったら、ここを出ていくわ」

涙があふれる前に、カレンはふたりに背を向け、外へ出た。荷物をトランクにつめると、馬小屋まで車を走らせる。いつもの場所にザリファが見つからないので、飼育係にたずねてみた。

「南の牧場に出ているんですよ。ほら、ミスター・アレンがときどき草を食べさせに連れていってた」

「そう。どうもありがとう」

幸いその牧場は道ぞいにあったので、車で行くことができた。十分ほどすると、数頭の馬が草をはんでいるのが見えてきた。車のエンジンを切り、カレンは柵《さく》をくぐって馬たちに近づいた。デレクに教えられたように呼びかけると、ザリファはすぐさま駆けてきた。

大きな目のあいだをやさしく撫《な》でてやった。「あなたとも、もうお別れなの、ザリファ」こらえにこらえていた涙が、どっとあふれた。カレンは額をザリファの鼻に押しつけ、さめざめと泣いた。「彼ともお別れだわ」

飛行機の中で夜を明かしたせいで、デレクの目は痛んでいた。服にはしわがより、あごはひげでざらついている。空港のロビーをまっしぐらに突っきりながらスーツの上着を脱ぐ。彼はいましがた、父の専用機から降りたところだ。定期便の時間まで待ちきれなかったのだ。ヘリポートでは、彼を屋敷まで送り届けてくれるヘリコプターが待ちかまえている。

カレンのもとに帰るのだ。

彼女のことを思っただけで、足取りがいっそう速くなる。こんなに疲れきっているというのに。電話はしていない。あのあわただしい出発後の再会を、電話などですませたくなかった。腕に胸に唇に、しっかりとカレンを感じなくては。

ああ、会いたくてたまらない。

ヘリコプターのプロペラの下で、カフィエが風になびく。パイロットはうやうやしく敬礼し、デレクがシートベルトを締めるとすぐ、離陸を開始した。

いい天気だった。眼下の木々は、色とりどりに紅葉しはじめている。シャワーを浴びてちょっと休んだら、カレンと一緒に馬を走らせよう。デレクは兄の死を深く悼んではいたが、休養を取ったあとは、妻とともに人生を祝いたかった。

ジュネーブへの旅は中止か延期になるだろう。父はカレンとシェリルとデレクの三人で行ってはどうかと言っていた。アル・タサンはまだハミドの喪に服している。だが父にしても、やがて人生は続いていくんだということに気がつくはずだ。

デレクはにやりとした。父が母に会いたがっているのはわかっている。ふたりの関係は奇妙なものだった。デレクにしても、数年前にやっと理解する気持ちになれたのだ。いまでは自分は幸運だと思っている。ほんとうに深く愛しあう両親を持つ子どもはなかなかいない。


早く家に帰りたくてたまらないデレクには、穏やかな飛行だけにかえって長く感じられた。いよいよ屋敷の間近にヘリコプターが着陸する。地面に足を踏み降ろしたときには、デレクを出迎えるためにシェリルとデイジーが家から駆けだしていた。

「ただいま!」プロペラの騒音をものともせず叫ぶ。「カレンは?」

シェリルはデレクの胸に顔を埋《うず》め、きつく彼を抱いた。泣いているのだろうか。デイジーはふきんを握り締め、唇を噛《か》んでいる。

デレクは母親を押し戻した。彼女の頬は涙に濡《ぬ》れている。「せっかくうちに帰ってきたっていうのに、いったいどうしたんだ?」彼は屋敷に目をやった。カレンはいま、アトリエから階段を駆けおりてくるところだろうか……。

「カレンが出ていってしまったのよ、デレク」シェリルが涙ながらに言った。「みんなわたしが悪いんだわ」

デレクは母の両手を握った。「出ていった？　カレンが？　いったいどういうことなんですか？　母さん、泣いていないでちゃんと説明してください」

「け、今朝スーツケースを持って下に下りてきて、出ていくって。デイジーも聞いてたわ」デイジーがうなずく。「きのうの夜、カレンと、わたしの人生やお父さまとのことを話したの。これからどうすればいいのかとか。カレンはきっとなにか誤解したんだわ」シェリルの唇が震えだした。

「母さん、落ち着いて。彼女はどういう理由で出ていくって言ったんですか？」

「理由なんて言わなかったわ。車のこととか……アトリエの設備を買いたいとか……そんなことは話してたけど。あなたの部屋に手紙を置いてあるからって」

「手紙なんてくそくらえだ！　カレンはどこに行ったんですか？」

「馬にさようならを言うって言ってたけど」

「どれくらい前です？」

「デイジー、どれくらいになるのかしら。二十分？　三十分？　わからないわ。取り乱してしまって」

デレクはもう馬小屋を目ざして駆けだしていた。ひんやりとして静まりかえった馬小屋に、デレクの怒鳴り声が響く。数人の飼育係がびっくりして集まってきた。

「ミセス・アレンはどこだ？　ここにいるのか？」

ひとりの飼育係がおずおずと一歩前に出た。「いいえ。ザリファのことを聞かれたので、南の牧場だってお教えしたら、そっちへ行ってみるとおっしゃってました。トラックで追いかけますか？」

「いや、ムスタファなら野原を突っきっていける」

大急ぎで馬が引きだされた。主人と同じく興奮しているようすで、鞍《くら》をつけていないぶんよけい激しくはねまわっている。飼育係のひとりがすばやくムスタファの手綱を手にすると、デレクは馬にまたがり、矢のように飛びだしていった。

「さようなら、ザリファ」カレンは万感をこめて、最後にもう一度だけつぶやくと、馬に背を向けて、車へと向かった。

地響きがして、ひづめの音が近づいてくる。思わずふりかえったカレンは、あっと息をのんだ。

デレクとムスタファが牧場の端の柵を飛びこえてくる。着地の衝撃はかなりのもののはずだが、馬の足並みはいっこうに乱れない。

デレクは馬の背中に低く身をかがめていた。絹のひもで頭に止めた純白のカフィエが風にひるがえり、胸をはだけたシャツがふくらんでいる。馬に劣らずたくましい姿だ。両腿で馬の腹をはさみつけ、黒いたてがみをつかみ、口を真一文字に結んで前方を見すえている。

カレンの胸はときめいた。デレクはまるでアラビアンナイトから抜けだしたようだ。腰に三日月刀をつるしていてもおかしくない。

だが喜びと同時に、恐怖に襲われた。彼はスピードを落とさず、まっすぐカレンに向かってくる！　ほかの馬たちがさっと道をあける。

カレンはなす術《すべ》もなく立ちつくしていた。馬の熱い息を感じる。黒い目が間近に迫る。だめだ、と思った瞬間、デレクに抱えあげられていた。彼は片腕でカレンをすくいあげ、腿と手で押さえつけるとそのままムスタファを走らせた。

カレンはすさまじいスピードにおびえ、目を閉じた。デレクにしがみつき、馬の上に這《は》いあがろうとした。だが実際は、地面にたたき落とされる心配はなかった。デレクは腕と腿で、しっかりとカレンを押さえていた。

柵が近づいてくる。いくらデレクでも、こんな状態で馬にジャンプはさせまいとカレンは思った。だが、馬と乗り手の両方を見くびっていたようだ。この馬はエリートだ。彼の先祖は戦士たちともどもスペインの山々におもむき、あるいはまた焼けつく砂漠で蛮族たちと戦ったのだ。ムスタファには貴族の血が流れている。

そしてこの男にも。こんなに怒り狂った彼を見るのははじめてだ。かれの全身が激怒にこわばっている。いまならどんなことでもやりかねない。

ムスタファはやすやすと柵を飛びこえた。牧場を横切り森へ入るとやっと、デレクは徐々に馬のスピードを落とし、ついには止まらせた。

カレンを抱えたまま馬から下りる。恐怖に満ちた疾走とデレクにおびえて、彼女の体は震えていた。デレクにちょっと肩を押されただけで、カレンは羊歯《しだ》の上に倒れこんだ。あおむけに横たわり、恐怖に目を見開いて彼を見上げる。両肘で体を支えていたら、いつのまにかブラウスがはだけていた。それさえも気づかない。「デレク」

彼の息は乱れ、目はらんらんと輝いている。両手を握り締め、唇を真一文字に結んでいた。いつもながら、カフィエをつけた彼は別人のようだ。幻想の世界から抜けだしてきた、胸をときめかせる見知らぬ男。

彼は片膝をカレンの脚のあいだにねじこみ、彼女を押し倒した。カレンの両手をつかみ、地面に押しつける。

「ぼくから逃げられるもんか。絶対に逃がしはしない」

荒々しいキスがカレンを襲った。狂ったような情熱が彼女をむさぼる。くりかえし、くりかえし、デレクの舌はカレンの口を奥深くまで満たした。炎がカレンをなめつくし、体に火をつける。

しかしそれは征服や支配ではない。むしろ激しくせつないまでに愛を求めるキスだった。

カレンの胸に顔を埋め、鼻と唇で乳房と乳首を愛撫《あいぶ》する。あごでブラウスを開き、肌がすりむけるまでひげをこすりつけた。

　デレクの息も唇も舌も言葉も、すべてが熱い。

「逃がすもんか、逃がすもんか、逃がすもんか……」


「ひと月はあざが残るわ。ほら、見て。あなたの腕のせいよ。鉤《かぎ》で地面からつりあげられたみたいだったわ」

「すまない」デレクは身をかがめ、カレンの脇腹《わきばら》のあざを軽く触れるようにキスしていく。彼の唇はさらに乳房の下をなぞりはじめた。

「それにここ」カレンがお尻の下のほうを指さす。「ムスタファから下ろされたときできたのよ」

「うーん、ごめん」デレクはまたもや、あざのところまで下りていく。

「あしたになったらきっと、ほかにも数えきれないぐらい出てくるわ」

「あざにひとつ残らずキスしてあげるよ」彼の唇はカレンのお尻から下腹へと、羽根のようなキスをくり広げていく。

「約束する？」カレンはため息をつき、デレクのキスを求めて身をのけぞらせた。

　ふたりが家路についたのはずいぶんたってからだった。羊歯のベッドで、ふたりは奔放に愛を交わした。カレンがデレクと向きあってムスタファにまたがると、馬はおのずから屋敷をめざした。ふたりは屋敷へ帰る道すがら、ずっとキスをくりかえしていた。

屋敷についたころにはふたりの興奮も収まっていたが、すでに新たな欲望の波が押しよせてきていた。なんとか互いの気持ちを押し殺し、シャワーを浴びてからシェリルと夕食をともにした。カレンがもう出ていったりはしないと約束してからも、シェリルはなお不安げな視線をふたりに注いでいた。

デザートが出るころになると、デイジーもシェリルもようやく安心したようだった。なにしろこの若いカップルは、食事もそっちのけで熱い視線を交わしてばかりいる。食事のあと片づけがすむとすぐ、シェリルは気をきかしてデイジーを映画に誘った。

デレクとカレンはすぐさま二階に駆けあがり、せわしなく服を脱ぎ捨てるとデレクの大きなベッドで愛しあった。

下半身を這うデレクの唇に、カレンのあえぎが激しくなる。「ぼくの赤ちゃんはまだなの、カレン？　きみを逃がさないために、妊娠させようとやっきになってたんだよ。できてないはずはないんだ」

「わたしも避妊はしてないのよ。でも、きざしはまるでないわ」

「だけどわからないよ。ひょっとしたら、もうきみのおなかの中で、ぼくの赤ん坊が育ちはじめているかもしれない」

「それでわたしを追いかけたの？」

デレクはカレンの花びらに焼けるようなキスをした。「違うさ」

「あなたのお父さまは、お母さまにあなたを押しつけておいて、いつでも好きなときに好きなところへ彼女を呼びつけてたんでしょ」

「父はそうするしかなかったんだよ。彼のモラルが、彼に義務を果たすよう強いたんだ」

「あなたはどうなの？」

「ぼくはアラブ世界に対して、そういう義務感は感じてないよ。ぼくはアメリカ人でクリスチャンだもの。父のことは愛してる。アラブの文化と伝統もね。でも父のようにアラブ世界に忠誠を誓うつもりはない。父もぼくにはそれを求めなかった。自分の決断のせいで、母にずいぶんつらい思いをさせたからね。でも父にはそれが唯一の道だった。ぼくは父とは違うのさ」

「お父さまはわたしのこと恨んでなかった？」

「もちろん」デレクは三角形の繁《しげ》みにやさしくキスした。「孫の二、三人もつくればもっと点数をかせげるだろうけど」

カレンはデレクの髪を軽くつかんで頭を持ちあげた。「ずるい人ね。キスして」

カレンの体にキスしていきながら、デレクの唇がゆっくりと上ってくる。唇が重なりあうと、ふたりは求めあい、舌をからませた。

「いつまでもここにいてほしいんだ、カレン」熱い唇がカレンの耳を包む。

「でも、ほんとにいいの？　プレイボーイのあなたが家庭に落ち着くなんて。もともと好きでわたしと結婚したわけじゃないのに」

いつもカレンの胸を騒がせる、あのもの憂い微笑みを浮かべて、デレクは彼女を見下ろした。「そんなふうに思ってたのかい？」カレンの頰にやさしくキスする。「カレン、あの日きみに結婚を申しこんだのは、それ以外にきみをつなぎとめておく方法がなかったからさ」

「なんですって？」カレンは耳を疑った。

「はじめて見た瞬間からきみを愛していた。きみが行ってしまったときには、もう一生ジャマイカになんか来るもんかと思ったほどさ。必死で探しまわったんだ。重大な用件があるからすぐ来いなんて呼び出しが父から来なかったら、ほんとうにあの島をひっくりかえしていたろうね。重大な用件というのがきみのことだとわかったときには、どれほど喜んだことか」

「でもあの日、あなたはすごくそっけなかったわ。とても怒っていて」

「すねてたんだよ。置き去りにされたんで、きみを恨んでたんだ。でも同時に、すぐにもきみを抱きたくて、うずうずしてたんだけどね」デレクはカレンにキスした。「もし、スペック・ダニエルズがあんなふうにぼくを助けてくれなかったら、きっときみを探して世界中を放浪してたさ。きみはぼくから逃げられないって、前に言っただろう。きょうまたそれを証明したんだよ」

カレンの瞳に涙があふれた。「もう以前の華やかな生活に戻りたくはないの？」

デレクの手がカレンの乳房をとらえ、乳首を愛撫する。「きみに出会う前から、あんな暮らしにはうんざりしてたんだ。いつもなんだか満たされない気分で、自分の人生に欠けているなにかを探してた。あの浜辺に出たとき、はじめてわかったんだ。それがなんだったか。これからは、愛する妻と片ときも離れず一生過ごしたいよ」

甘い言葉、乳房をとろかす舌の感触、カレンの顔に笑顔が浮かぶ。「でもわたし、従順な奥さんにはなれないわよ。あなたとの生活はこの上なく大切なものだけど、自分の生活だってなくちゃいやだわ」

デレクは顔をあげ、真剣なまなざしをカレンに注いだ。「わかってるよ、カレン。きみの好きなようにすればいいんだ」

「仕事のこと？」

「ぼくほどきみの作品を誇りに思っている人間はいないさ。いつだって喜んでアシスタントになるよ。でも、きみがやろうとしていることに口をはさむつもりは毛頭ない。きみの仕事なんだからね」

愛が極上のワインのように、温かくカレンの全身を満たした。「デレク、愛してるわ」

「ぼくも愛してる」

「わかってるわ。きょう森の中で言ってくれたもの」

「それまで知らなかったっていうのかい？」カレンがうなずく。「英語じゃ口にしなかったかもしれないが、いろんな態度のはしばしに現れてただろう？」

「もう一度態度で示してみて」カレンが甘くささやきかける。

「それはこれをはめてからさ」デレクは結婚指輪を取りだし、カレンの左手の薬指にはめると、そっとキスで封印した。

「またこの指輪が戻ってきてうれしいわ」

「きみがもう一度はめてくれてうれしいよ」

カレンは指をデレクの髪に走らせた。「じゃあ、いい？」

「いいよ」

カレンの瞳をじっと見つめ、彼女のお気に入りのあのもの憂い微笑みを浮かべると、デレクは彼女の脚を開いた。カレンは目を閉じ、熱いデレクが中に入ってくるのを感じている。だが彼はそこで動きを止め、やさしく自らをこすりつけながら、じりじりと魔法を長びかせる。

カレンは息を殺した。

「愛してる、カレン。浜辺で無邪気な顔でおびえていたあのときから。きみのような女性はほかにはいない。ああ、きみの胸は美しい」デレクはばら色の乳首が輝くまで舌でなぞりつづけた。

「デレク」カレンがため息をつき、身をのけぞらせる。「ああ、わたしの中に来て、美しい人、わたしの旦那《だんな》さま……愛してる……」

タイガー・プリンスの激しくもやさしい愛がカレンの中にほとばしり、体と心を満たしていった。

●本書は、1988年7月に小社より刊行された作品を
文庫化したものです。

真夏のデイドリーム
2004年3月15日発行　第1刷

著　　者／サンドラ・ブラウン
訳　　者／広田真奈美（ひろた　まなみ）
発 行 人／スティーブン・マイルス
発 行 所／株式会社ハーレクイン
東京都千代田区内神田1-14-6
電話／03-3292-8091（営業）
03-3292-8457（読者サービス係）
印刷・製本／大日本印刷株式会社
装 幀 者／千田奈津子

ISBN4-596-91092-8

MIRA文庫

サンドラ・ブラウン
松村和紀子 訳

侵入者

無実の罪で投獄された弁護士グレイウルフは脱獄を決行。逃走中に出会った女性写真家を人質にとる。全米ベストセラー作家初期の傑作。

サンドラ・ブラウン
霜月 桂 訳

星をなくした夜

孤児たちを亡命させるため、ケリーは用心棒を雇い密林を抜ける。守ってくれるはずの男が最も危険な存在となった。情熱的な冒険ロマン。

サンドラ・ブラウン
新井ひろみ 訳

27通のラブレター

自分宛でないとわかっていても、傷を負った男にとって、それだけが生きる支えだった。手紙が心を結びつけたせつなくやさしいラブストーリー。

サンドラ・ブラウン
松村和紀子 訳

ワイルド・フォレスト

墜落事故で晩秋の森に見知らぬ男と取り残されたラスティ。いつ来るとも知れぬ救助を待ち、ふたりだけのサバイバル生活が始まった。

サンドラ・ブラウン
松村和紀子 訳

しあわせの明日

ベトナム未帰還兵の夫を待ち続けるキーリーはエリート議員ダクスと運命的な恋に落ちた。しかし二人のしあわせな未来を戦争の爪痕が阻む！

テリー・ヘリントン
進藤あつ子 訳

フラッシュバック

偶然にも40年前の世界に迷い込み、運命の人と出会ったセアラ。時空を超えた永遠の絆を描いた、胸を打つ感動のロマンス。